文化組織

第十八號

文化組織

六月特輯號

主張

はげしき誠實

――私における殆ど本能的な信念は、あらゆる强力な人物といふものは、話す時に、ましてや書く時には、嘘をつくものだといふことである。しかしながら、いゝ、武の理想美に對する熱中により、ナポレオンは、われわれに遺した戰爭談の少數の中でしばしば眞實を云つた。――
スタンダール「ナポレオン」

ヘラクレイトスについて、ニイチェは書いてゐる（ギリシャ悲劇時代の哲學）。

――ヘラクレイトスによれば、蜜は甘いと同時ににがく、世界そのものが絶えず攪拌されねばならない混ぜ桶なのである。

――人間や動物の狹隘な頭腦が確信するやうな固定性や持續性をもつ事物そのものは、全くなんら固有の存在をもたない。それらは引き拔かれた劍の閃光であり、火花であり、對立する性質の鬪爭における勝利の赫燿である。

――實に、彼は根本においてはたゞ永遠の支配者なる一の正義のみを認めたために、敢て叫んだ。「多くの葛藤そのものこそ純粹の正義である！」

健康な悲劇精神の讃美。はちきれる意慾の頌歌。そのとき、藝術は戰士の意志の祝祭であつた。最も現實的なロマン精神。周知の如く、ニイチェによれば、近代の墮落――デカダンスのはじまりはソクラテスである。近代社會に於て、一にして多なるものの力いつぱいの葛藤は、椅子を交へるものの闇取引にかはつた。コルシカの「復讐《ヴァンデッタ》」は仲裁裁判にかはつた。戰士の意志の祝祭はたそがれの牧歌となり、蒼ざめた俗務者のノスタルジヤになつた。防人の歌はレコード會社おかゝへの歌作りの俗謠に下落した。デモクラシイ。ヒューマニズム。國民主義の看板をかけた商業主義。

こんにち、世界はまさにヘラクレイトスの「混せ桶」である。審判者は何處にゐるか。審判者は世界そのものである。行司はゐない。第三者はゐない。正義は角逐の外にはない。にもかゝはらず、われわれの藝術の世界には劍の閃光は見られない。むしろ、そこにあるのは色褪めた牧歌的風景であり、ものあはれな魂のノスタルジヤである。

後退現象としてのヒューマニズム。一つのイデオロギイが崩壞した。それに凭りかゝつて思ひあがつてゐた連中は、右往左往したあげくのはてに「人間として生きる」道をえらんだ。彼等はそこが思つたよりも住み心地のよいことに氣がついたのだ。敗北者の溫床。葛藤よりは取引の方が樂でもあり、「人間的」でもある。「人間」は話せばわかるものである！

だが、話してもわからないところから戰爭がおこる。文化主義者、平和主義者、國際聯盟主義者等は、話せばわかるといふあさはかな迷信から葛藤の審判者を外部に求めようとする樂天主義者である。尤もこれらの樂天主義者共の中には相當な詐術師もまじつてゐることは確かだ。樂天主義者と詐術師は手をつないで、ヒューマニズムと「文化」のためにうたつてゐる。フランス敗れたり、されど「文化」は亡びず、「人間性」は永遠である！　このおめでたさ乃至は詐術は、彼等の祖國が危險に瀕した場合、アメリカへでも何處へでも逃げて行つて空嘯くこともできるといふ結構な身分の裏書きを持つてゐる。貨幣價値のインターナショナル。翼賛會は「赤」だといつてさわぎたてたわが國の「愛國的」ブルジョアジイは、まさかこんな裏切りはやらんだらう。

　近時、文學者の愛國熱の熾んなること慶すべし！　だが、現代文學者のいはゆる政治的傾向には若干首をかしげざるを得ないものがないでもない。その根を洗つた場合、こゝでも話せばわかる式の甘さと現狀維持の功利主義が抱き合つてゐないといへるか。甘さと功利主義は、ちがつた形で文學を墮落させると同時に政治を骨拔きにする。本來、政治と文學とは油と水である。油は油であり、水は水であつてこそ正しいにきまつてゐる。「よろしくおねがひします」「どうぞ、お互ひによろしく」――一ぺんの社交辭禮で油と水とが混ざり合ふなどといふ考へは、ごまかしでなければ大間拔けな話である。政治の文化性などといふのもえたいの知れないものである。誠實の質、そのありどころが核心だ。誠實の質とそのありどころを間違へたり、あやふやにしてゐるものには、政治もなければ文學もない。マキヤヴェリは、政治と道德との異質性をはつきり認めてゐた。認めざるを得なかつた。如何にしてフイレンツエを救ふべきか。その一點に凝集した彼の精神は、そのためにかうむる毀譽褒貶などにかまつてはゐられなかつた。彼の「權謀術策」が彼の誠實の結晶であるとすれば、すでにそれは功利打算を超えた奉仕の精神だともいへよう。ヒユーマニズムだとか「文化性」などといふ甘つたれたものを寄せつけないところに、はげしい政治の誠實があるのではないか。文學は政治との異質性において、文學自身のはげしい誠實を確持してこそ、拔き放たれた劍の閃光を發するのだ。アンリ・ベールは官吏であつた。彼は彼の職業においてはつねに退屈してゐた。だが、一個の文學者としてのスタンダールは自己の怯惰や僞善を許さぬ誠實の士であつた。「恐らく自己の理性にこれほど軍隊式な閲見をほどこした人物はなかつたであらう。……彼の全存在をあげて赴くともいへよう。魂を賣物として叩いて音を出して見せる人達とは違ふ。」(アラン)――阿諛や、色目つかひや、話し合ひや商取引からは何が出てくるものか。せいぜい「文化」とよばれるものの頽廢の滓である。異質性を確持したうへでのはげしい誠實と誠實との觸れ合ひは、話さなくてもわかる。

かつて「左翼」のさかんだつた頃、わが國の「純文學」の使徒達は、左翼の思想そのものを問題とせず文學における彼等の政治的偏向について非難の箭を放つた。現在はどうだ。「左翼」は清算された。ヒユーマニズムの溫床が發見された。話せばわかる。「純文學」の使徒達は、悔いあらためた「左翼」や俗流大衆作家達と手をつないで、微溫的ヒユーマニズムに立脚した政治的傾向をとることに汲々としてゐる。

これはまことにデモクラチックな風景だとはいへないだらうか。酒でもない水でもない不純液。ちよつぴり政治のにほひのする文學、ちよつぴり文學のにほひのする政治――どつちも血液を薄める作用以外にしない。薄められた血液が自己保全にこれつとめる。仄聞するところによれば、「文學」評論家とか、浪漫精神を高唱する文士とか稱するものが、官廳の裏口から「献言」に出かけるといふ。何の献言かは知らぬが、士道地に墮ちたり！　愛國心をもつて「估らんかな」の具に供するほど下劣な商人根性はあるまい。些末な話だが、その因つて來たるところには、國民精神の健康上、放任できない病根がわだかまつてゐる。日本文學をして恥知らずの文學たらしめてはならぬ。

われわれの主張するところは、無限に小さいかも知れず、無限に大きいかも知れない。混沌たる世界の無限の大きさと深さのなかで、われわれはすでに人間的エゴイズムを叩き破つた一つのはげしい誠實の凝集をもつて自他を貫く以外に道はない。一にして多、審判者は角逐する世界そのものであり、不可視の正義である。それを神とよんでよいか何とよんでよいか知らぬ。その前において、われわれはあらゆる粉飾物をすてた誠實そのものでなければならぬ。われわれ自身、拔き放たれた劍の閃光であれ！

（岡本潤）

政談

――マキアヴェルリについて

花田清輝

一

近ごろ、我々の身邊にも、マキアヴェリズムの使徒が大へん多くなつたらしいが、どうもさういふ連中は、政治といふものを根本的に誤解してゐるやうであり、萬事心得顔にかれらの説くあの手この手も、それが「現實的」であればあるほど、かへつてかれらの現實をみる眼のたよりなさを思はせるものばかりだ。もしも今日、マキアヴェルリが生きてゐて、かれらのこざかしげに立ちまはる姿をながめたなら、どんなにかあの大きな口をあけてカラカラと笑ふことだらう。

かういふマキアヴェリズムの横行は、はたしてジュリアン・バンダのいふやうに「現代における政治的熱情の發展」の結果であらうか。それともさういふ熱情の衰弱からうまれる用心深さと解すべきであらうか。或ひはまた、一定の約束にしたがつて、我々が將棋をさすやうに、我々の小マキアヴェルリたちが、權謀術數をもつて、政治をするものの是非ともしたがはねばならぬ、一定の約束と思ひこんでゐるためであらうか。

マキアヴェルリは、かれの亞流たちにくらべると、はるかに豁達であり、力にみちてゐた。さうして、かれはかれのマキアヴェリズムを、時として、徹底的に侮蔑することさへ敢へて恐れなかつた。かれが單なる奸佞邪智の人物でなかつたことを、人はしばしばかれのフィレンツェ乃至イタリアにたいしてそそいだ憂國の熱情をあげることによつて證明する。なかには前にふれたバンダのやうに、かれを一個のモラリストにまで祭りあげるおめでたい人すらある。すなはち、マキアヴェルリの亞流にとつては、惡は政治に役たてば惡でなくなつて善となるが、かれにとつては、惡はたとへそれが政治に役たつばあひにも依然として惡であることに變りがない。したがつてかれは、現代の政治家ほど、道徳的に頽廢してゐないといふのである。

いづれも嘘ではなからう。しかし、私はさういふ感心みたいなマキアヴェルリの姿には一向に興味がない。むしろ私はもつと子供らしい、世のつねの利害打算や價値判斷を粉砕していささかも悔いない、素朴な男としてのかれを想像したい。むろん、素朴であるといふことは、かれがいろいろと政治的な手くだについて語つたり、またさういふ手くだをつかつて巧みに世のなかを泳いだりすることを妨げはしない。(泳ぐはうは、事實上、或功しなかつたが)しかし、心の底では、いつもかれはさういふ小刀細工を馬鹿にしてをり、ほんたうにしたいことをするときには、體あたりで、まつたく向うみずな振舞をするのだ。一言にしていへば、私は藝術家マキアヴェルリの姿を前景に押し出し、いささか俗うけのするポーズをしめす國家主義者マキアヴェルリ、或ひは貧血症の道德家マキアヴェルリの姿を後景に引つこめてしまひたいと思ふのだ。逆說ではない。たとへば「君主論」の最後のはうに、かれの次のやうな言葉がある。

『運命が變化し、人間が自分の行動に固執するとき、兩者が一致するときは成功し、しかして一致しないときは失敗に歸する。私個人としての考では、用心深くするよりも、むしろ斷行したはうがいいと思ふ。由來、運命の神は女性なるが故に。すなはち、かの女を支配下に置かうと思ふならば、かの女を撲つたり、虐待したりすることが必要だ。さうして、運命は冷靜に事を處する人よりも、むしろかうした人の意に、さらによく從ふものであるらしい。したがつて運命は、女と同じく、つねに若者の友である。これ青年が思慮深からず、かへつて亂暴で、しかもよく大膽に運命を支配する所以である』

これは國家主義者や道德家の意見ではない。まさしく婦人にたいする辛辣な諷刺小說「魔王ベルファゴル」を書いた快活な藝術家の意見だ。にもかかはらず——いや、それ故にこそ、またこれは、マキアヴェリズムの眞髓をつたへる言葉でもある、と私は考へる。つまり、權謀術數は、無鐵砲な、若々しい大膽な魂によつて支へられてゐないかぎり、斷じて無意味だといふのだ。

さういふ點において、マキアヴェルリはおそろしくスタンダルに似てゐる。「赤と黑」をあげるまでもなからう。權謀術數の化身みたいなジュリアン・ソレルは、まことに素朴な、潑剌とした青年であつた。作中の人物のみではない。メリメの回想記によれば、かれ自身もまた、生涯、自分の空想に支配されてゐて、何事をするのにも、突差に熱狂的にしかしなかつた。そのくせ理性にしたがつてのみ行動することを自負してゐて「何事も論《ロ》……理《ギーク》によつて身を處さねばならぬ」と、この字の最初の音綴《シラブル》と終りのとの間に、或る間隔を置いていふのがつねであつた。

　では何故《なぜ》――と、人は或ひは私に問ふかも知れない、君の意見では、それほど權謀術數の奧儀に達してゐたといふのに、マキアヴェルリにしろ、スタンダルにしろ、なぜ大政治家にならなかつたのか、と。愚問である。たぶん二人とも、あんまり女に惚れられさうな顏つきもしてゐないくせに、やたらに女を撲つたり、虐待したりすることばかり考へてゐたせいであらう。これでは女性である運命の神が、二人に微笑するわけがない。

　とはいへ、マキアヴェルリが「君主論」のなかで推服してゐるチェザレ・ボルジア、或ひはまた、「パルムの僧院」のなかでスタンダルの描き出したモスカ伯が、その權謀術數と素朴な魂との結合の仕方において、運命の女神に愛されなかつた二人の著者と、かくべつちがつてゐるとも思はれない。大へんメロドラマチックなチェザレは――かならずしも傳記作者トンマソ・トンマシの話をことごとく信ずるわけではないが、氣にいらぬ人間はすべて騙討《だましうち》にして、だだつ子のやうに、イタリア中をあばれまはる。毒藥をつかふのが好きであり、それも指環のなかに仕込んで置き、握手をするとき相手の手のひらに注射したりするのだ。まことに小學生的な男である。モスカ伯にいたつては、年もとつてゐるので、それほどではないが、なほかれはほんたうの戀愛をすることができる。少年のやうな戀愛をするのだ。さうしてこの大政治家は呟く、老年とは、要するにこんな樂しい子供らしい事ができなくなることではないか、と。

　政治家はつねに永久に年をとらない藝術家の魂をもつてゐる必要がある。かういふと、ばかに私は、藝術家の肩ばかりもつやうであるが、まつたくのところ、あたりを見渡してみても、我々の周圍には、藝術家の魂をもつた藝術家といふやつが殆んど見あたらない。皆、政治家ばかりだ。先日、大へん評判になつてゐるので、ジュール・ロマンの「ヨーロッパの七つの不思議」といふ飜譯を讀んでみたが、どうもアテ込みたくさんで嫌な氣がした。いろいろと政治的にうごきまはり、さんざん騙された揚句の果、いかにもお人よしらしい顏をつくり、どうも「不思議」だと嘆息するロマンにたいし、誰だつたか、この飜譯の批評のなかで、かれは藝術家だ、政治家の權謀術數にかかつてはかなはない、藝術家と政治家とは、本質的にタチのちがふ人種だから、といふやうな意味のことをいつてゐたが、まことに甘い批評家がゐればゐるものである。まつたくロマンの思ふ壺ではないか。かれは、さういつて貰ひたいために、この本を書いたやうなものだ。「クノック」や「トルアデック」の諧謔の精神を忘れ、素朴な藝術家魂をどこかに置いてきぼりにして、政治的小刀細工に耽けるジュール・ロマンは、もはや藝術家ではなく、群小政治家のひとりにすぎない。かういふロマンにくらべると、この本に登場してくる、かつてかれとともに、獨佛文化提携の仕事にたづさわり、和平工作に盡瘁し、やがてナチスの總司令官になつて堂々とパリに乘りこみ、かれをアッといはせるアベッとかなんとかいふ無名の一靑年のはうが、はるかに藝術家であり、政治家だと思つた。

それにしても、ジュール・ロマンのばあひは、まだスケールが大きく、ヨーロッパ全土におよぶかれの活動ぶりには、いささか痛快なものがないではないが、わが國の藝術家にいたつては、まつたくお話にならない。ギルドの維持に汲々としてみたり、そこらの物のわからない役人にわたりをつけて愛國者ぶつてみたり、まことに大人つぽく、分別くさい政治家揃ひだ。これでは、かへつて政治家のなかに藝術家がゐるのかも知れないと、一時考へたことが私にもないではなかつたが——政治家はやはり政治家だ。餓鬼ではない。要するにわが國においては、權謀術數とは、明哲保身の術の異名にすぎないのだ。

二

世には、一日として、陰謀がないと過ごせない人間がゐる。貧にして亂を好む、とはよくいはれる文句だが、かくべつ生活に困つてゐるわけでもない。ただなんとなく、平地に波瀾をまきおこしてみたい。のうのうとしてゐる連中に一泡ふかせてみたい。平穩無事な、なんの變てつもない毎日をおくりむかへてゆくよりも、乾坤一擲、なにか無軌道な眞似がしてみたい。まつたくばかなやつで、普通の人間なら酒でものんで氣をまぎらすところを、大衆のためとかなんとか名目をつけ、さまざまな策略をめぐらしはじめる。

ところが面白いことに、これと少々ちがつた型で、陰謀など微塵も見あたらないのに、自分にむかつて陰謀が企てられてゐるやうに思ひこみ、絶えずスリルを味ひながら、すこぶる大物になつたやうな氣持で、警戒おさおさ怠りないといふ人間がゐる。いささか被害妄想狂じみるが、かならずしも氣がくるつてゐるわけではなく、前者とは逆の意味で、やはり陰謀が好きなのであり、これなくしては一日も暮らせないことに變りはない。

さらにまた、まつたく物の道理がわからないために——たとへば、一合瓶から一升をとり出すことができないといふので、何かそこには陰謀が企てられてゐるやうに想像し、これに對抗する手段をあみ出すべく肝膽をくだく人間がゐる。

かうなると、權謀術數もすこぶる愛嬌があり、若干グロテスクだが、利害打算を超越してゐるところに藝術的な味がある。笑ひごとではない。この種の人間は政治家のなかには意外に多い。シュプランガーは、かれの「生活樣式」のなかで次のやうに語る。

『純政治的な精神構造においては、客觀性および眞理一般を會得する機能は、つひに退化するといふ固有の現象があらはれるにいたる。つねに爭ふものには、自己の欲し、自己の信ずるものが、明白な「眞理」になつてしまふものだから、かれは、他の客觀的な、正しく評價する態度一般にたいして、一切理解を失ふ』と。

　空の空なるものから假想敵をつくり出し、これにむかつて惡戰苦鬪するところ、まさしく政治家における權謀術數は、明哲保身の術を意味するものでなく、ヴァレリイ風にいふならば、詩人における韻律のごときものとなる。政治家も詩人も、いづれも自らに障害を設け、困難を課すべく、それぞれ謀略や韻律を必要とするといふわけだ。かうして、日夜、權謀術數にすがりながら、虛構に虛構をつみかさね、政治家の熱情は、ますます火の手をあげはじめる。折々現實にふれたことをいつたり、したりしないでもないが、それこそまぐれあたりであり、嘘から出た眞《まこと》だ。もともと現實のうごきとは懸けはなれたところで、オリムポスの神々のやうに、かれらは政治遊びに夢中になつてゐるにすぎないのだ。こんな政治家にかぎつて、ともすれば政治には詩が不可缺の要素だとか、ファンタジイがなくてはかなはぬとかいふのだから笑はせる。一見、かれらは藝術家らしくみえるが——誤解しないで欲しい、私のいふ藝術家魂とは、さういふ粉飾された魂を指すのではないのだ。

　マキアヴェリズムは、かれらにおいて、最も頹廢の相を帶びる。マキアヴェルリにとつて、權謀術數は、政治をするための健康な手段にすぎなかつたのに、かれらの手にかかると目的と手段とは顚倒し、權謀術數を行ふために、政治が必要とされるにいたる。かれらが權謀術數のために胸をときめかし、損得を勘定にいれず行動してゐる間は、まだ恕すべき點もないではないが、かならずしも架空の陰謀を創作することと明哲保身の術とは相ひ容れないものでもなく、さういふ純粹の狀態も長くはつづかない。

　それは陰謀を取締る人間のばあひをみれば直ぐに了解されよう。かれらもまた、一日として、陰謀がなくては過ごせない人間の類《たぐひ》に屬する。陰謀を企てるものがゐないと、文字通りメシの喰ひあげだ。そこで生活のために、かれらは恐らく最初は嫌々ながら、架空の陰謀をでつち上げるだらう。束にして僞《にせ》の謀叛人共をつかまへるだらう。なかなか敏腕だといふので評判になる。惡い氣持はしない。もう一度やつてみる。ますますお覺えがめでたい。かうして、かれらはやがて生活のためにではなく、陰謀の創作それ自體に興味をもち、假想敵にむかつて權謀術數をめぐらすことに、よろこびを感じはじめるにいたるであらう。つまり、さきに述べた純粹政治家たちは、この過程の逆をゆくわけだ。

しかし、あまりにかういふ架空の魅力を追つてばかりゐると、つひに風は雲を呼び、雲は雨を呼び、にせものはほんものとなり、天地晦冥、虚實いりみだれて、世は亂世となる。皮肉なことに、自他ともに政治家をもつて許す人間が――朝から晩まで東奔西走し、いかにも忙しさうな實際家面をしてゐる人間が、實は最もリアル・ポリチックスからは遠ざかつてをり、亂世となれば、まづ一番に泡を喰ふのである。

ここにおいて私は、ほんたうの政治家に、私の絶對になくてはならぬものだとする、藝術家魂のなにものであるかをあきらかにしなければならない。それはかくべつ面倒な考察を必要としない。藝術家魂だなどといへば物々しいが、そいつは至極單純な代物だからだ。人はこの魂を、決して藝術家のなかに――純粹藝術家のなかに見いだすことはないであらう。純粹藝術家は純粹政治家に大へん似てゐる。さうして純粹政治家が本質的な意味において、なんら政治家ではなかつたやうに、純粹藝術家もまた藝術家ではない。わかりきつたことだが、韻律のために、詩を問題にするやうな人間は詩人ではない。のみならず――

のみならず、ほんたうの詩人は、單に詩人であることに決して自足してはゐないであらう。いつも若々しい藝術家魂をもちつづけてゐたハインリッヒ・ハイネは、周知のやうに、詩人であるとともに革命家であつた。ヨリ正確にいふならばこのことは、かれが詩人としての誇りをもつとともに、その詩人の誇りをふりかざして、政治家に對立しようとは斷じて試みなかつたといふことだ。かれには詩人としての誇りのほかに、政治家としての誇りがあり、政治家にたいしては、かれの政治家としての誇りをもつて對立したのだ。

もつとも、私は、ハイネが、その詩人としての誇りだとか政治家としての誇りだとかを、大したもののやうに感じてゐたとは少しも思はない。おそらくかれは、さういふ自負を鼻さきにぶら下げてゐる連中を、極端に輕蔑してゐたことであらう。かれは、詩人として、乃至は革命家として、かれ自身を割りきられ、限定されることが嫌ひだつた。それはかれがあくまで自由をもとめてやまない、不羈奔放な一個の人間――詩人でもなく、革命家でもない、素朴な一個の人間であらうとしたからだ。どんなにか、かれは誤解されたことだらう。「ルートヴィッヒ・ビョルネ覺書」に次のやうな一節がある。

『君は――と、かれはかつて訊いた――パリへ着いた最初の日に何をしたか。何處へ最初に行つたか、と。かれは、私が最初の散歩として、ルイ十六世廣場か、パンテオンか、ルソーとヴォルテールの墓をあげるだらうと、たしかに豫期してゐた。さうして私が正直に、到着するとすぐ王室圖書館へ行つて、本の番人にマネッセの宮廷戀愛詩人の寫本を出させたとほんたうのことをいつたら、かれは奇妙な顔をした。これは事實である。何よりも最大のドイツ抒情詩人ヴァルテル・フォン・デル・フォーゲルヴァイデの詩をおさめてゐる貴重な書物を、私は永年みたいと思つてゐた。ビョルネにとつては、これも同樣に、私の局外主義の證據で、私の政治的な原則と矛盾することを責めた。このことで、かれと議論するのは、その勞に値ひしないと、私が思つてゐたのはいふまでもない」

ほんたうの政治家に、私の絶對になくてはならぬものだとする、藝術家魂とはかういふものだ。ここから、詩人ハイネを――或ひは詩人ハイネの政治家ビョルネにたいする皮肉を、讀みとるものは不幸である。では何故かれは、大政治家にならなかつたのか。いかにもかれは、ドイツのアポロと呼ばれるほどうつくしい顔をしてゐたが、マキアヴェルリとちがつて、非常に女にたいしてやさしかつた。さうして、失戀ばかりしてゐた。運命の女神もまた、つひにかれには惚れなかつたのである。

「科學的精神」といふもの

化粧品の廣告にも化學方程式を書かなければ賣れない程の科學流行の世の中である。

石原純博士が「科學主義工業」の六月號で「科學的精神の眞髓」といふ一文を載せて、科學的精神の本質を實證的合理性にあるとしてゐる。

即ち「我々地球上の人間にとつて、論理が共通であるといふことは否定出來ないので、この論理の上に成立つ科學が偉大なる價値を有つといふこともこれによるのである。」「いつも論理に適つた考へ方を進めて行くことが科學的精神の根本なのである。」

これは先づ常識的な考へ方である。だが私はここに二つの危險を覺える。

一つは旣成論理の絶對視の危險である人間の頭は左右前後にかたむけることが出來るが頸はそれほど傾けることが出來ない。しかして人間は天の具象化である。だから天はひろげて置いた傘の如く北に大きく傾いて動くのだと云ふ素晴らしい三段論法が支那の古代科學を支配してゐたことがあつたといふ。

兎に角旣成論理が絶對視されたら科學者は淋しいものだらう。

次に逆の場合。論理的分析が尊重されることは現代の知性にとつて大きな魅力である。故に通俗科學書が特に現代に於て流行するのであらう。だが論理的精神がこの社會的現象から結晶して、現實から遊離した論理が支配し、社會現象の批判に適用された時の危險の方が前者よりも更に憂慮すべきだらう。通俗科學書と共に感情的な社會理論の續々と出現する事實に寒いものを感ぜさせられる。

眞に科學的な日本的論理が諸科學、殊に文化科學に於て樹立されねばならない筈である。

論理に訓練された知性の直觀に躍動する生きた科學精神の眞髓がある樣に私は考へる。(S生)

啖呵・愚痴その他様々

――道標のための覺え書2――

水野明善

啖呵する文藝を廻つて考へようとした最初の意圖は、啖呵する文藝などいくらあつても爲方ない、今更啖呵でもあるまいではないか、手短に直言するならもつと着實な道から文藝のある可き姿へ今日の逸脱した文藝を引き戻し、色々歪曲された文藝理念に本當の姿を對比したい、と云ふ筆者の平凡な所説を繰り擴げんところにあつたのである。であつて見れば、行論は全く月並に珍らしくない明瞭な筋道を追ふに過ぎない。だが、それが、月並であり、既に明白な筋道であるが故に、一層殊更の强調を今一度試みなければならない、と愚考するのである。喜劇である事はとくに承知の上であり、今日に於ける喜劇のありかたの二三を心に浮べ、それの持つた積極的な役割を思ひ起こして見て、ピエロ的な存在も滿更捨てたものではない、と自負して爲すことである。

私は曾て讀んだ。歐洲が一八三〇年の事件で投げ込まれた激動のさ中、粗雜な革新的なポーズで、ドイツの三流、四流文學者が、政治的諷刺文學のレッテルの下に、彼等の創作的な愚鈍をごまかさうとする爲に、「多少とも反政府的な精神の臆病な表現」に安住した、と云ふことを。當時の獨逸史が最も急所を衝かれて天才的に剔抉されたる著名の著作は、かうした文藝的な潮流に鋭くも觸れてゐる。此の潮流を想起して、現代日本文學のあるがまゝの姿に思ひ到り、啖呵する文藝を廻る思索の展開に志したのであるが、正に、笑止に堪えないのは、そんな試みが何とも申し樣もない私の思ひ上りに過ぎなかつた、と云ふ阿呆らしき現實なのである。啖呵などは何處にもなかつた。當時の獨逸にあつても、若し求めるなら啖呵と呼ばる可きものは一つもなかつたかも知れない。併し、さうした稚氣ある文藝の試みが其の時爲されたと云ふ事から、現代の我々の文藝に於ける啖呵を考へると云ふ事が、果して不自然であらうか。決して、不自然ではない。にも拘らず、あるのは、啖呵ではなく、愚痴ばかりである。にも拘らずとは云ふものの、筆者が何も啖呵を好み、啖呵する文藝を擁護しようなど夢考へてゐない事は、先立つて一應斷つて置かう。元來、啖呵とはどんなものを謂ふのであらうか。「いか様、この五丁町へ、脛をふん込む野郎めらは、俺が名を聞いておけ。先づ第一瘧が落ちるわ。まだよい事がある。大門をづつと潜ると、俺が名を手の平へ三遍書いて嘗めろ、一生女郎に振られると言ふ事がない。見かけは小さな男でも、膽が大きい。……相手がふえれば龍に水、金龍山の客殿から目黒の眠藏まで御存じの、お江戸八百八丁にかくれのない、杏葉牡丹の紋附も櫻に匂ふ仲の町、花川戸の助六とも又は揚卷の助六とも言ふ若い者、間近く寄つて面像拜み奉れエ……」正しくかうした形を取るものの謂である。相手は總て「野郎めら」であり、己れは常に「面像拜み奉つて」貰はねば氣が濟まない、と云ふ所に、啖呵の啖呵たる所以があるのであるけれども、こゝに一考を要するのは、それが單に勝利を手中にした力ある者のいい氣な偉らがりであるばかりではなく、啖呵の、さうした、相手を野郎呼ばはりし、のつけから已れを様扱ひにする、戰前的なポーズ性から、それが、逆に一轉、敗者の或は無力なる者のおどおどした弱氣が打算的に或は投げやりに吐き出す愚痴としても表れると云ふ、妙味である。唯、吐き出して仕舞へば、それでいい。それで責任了へたりと云つた心體で、さりげなく一服するだけである。啖呵の精神は又、名乘の精神に通じ、仁義の精神に通ずる。我こそは何の某の後裔云々と名乘りを擧げ、お控えなさんせ、お控えなさんせ、お控えなさんして有難うござんす、手前生れは關東でござんす、關東と申しましても、と仁義を切りはしたものの、相手も相手で、それを唯の儀禮として受け流す様にとうから習慣づけられてゐて一向何の畏怖も關心も持たない。一種の慣れ合ひであり、ポーズ同志の八百長にしか過ぎない。慣れ合つた上で、相手のどの様な强がりも、馬耳東風と聞き捨て、拔刀す可き所では拔き、一宿一飯の義理に酬ゆる所では酬ゆるのである。吐き出した効果とか、吐き出された内容そのものの正しき論理が生み出す必然的な說得力などは度外視された、ただ吐く爲の放言、さうしたものとして、それらの啖呵・名乘・仁義があると云ふ事が、容易に、それらを愚痴に變質させ得るのである。

　して見れば、愚痴が、眞實へ眞實へと觀念的にだけばかりでなく實質的に迫眞せんとする意欲の弱まり、に深いつらなりのある事が明らかになるであらう。謂はば、眞實をあるがまゝの姿に於いて剖開する事によつて、直接に語られ得る眞實の持つ客觀的動的な意味を、主情に依つて靜的に固止させる作用を、愚痴は持つのである。愚痴られた瞬間に於いて、愚痴られた現實はその點に靜止したものとしてしか語られてゐない。何故なら、愚痴が正當な批判たるに必要な歴史を推進せしめる現實的實體を、批判の規準として指示して居ないが故にである。そこでは正しいあり様に於ける論理と云ふものが無視されてゐる。愚痴る當人はさうした論理的思考を意識した上での事であらうけれど、作品を離れた作家の抽象的な人間性が問題にならないのと事情を等しくして、さうした論理的意識が底流してゐるか否かと云ふ事は問題にならぬのであり、更に深く立ち入るなら、そんな愚痴などと云つた形態でしか表はれ得ない論理的思考そのものが、自體どこかにまやかしものを含んでゐるのではないか、と省みられて來る。概念とは現實的實體から全然別物であり得ないと同時に現實的實體との苟合の上に組立てられて來たものであるが、此の樣な性格を元來持つ處の概念の加減乘除が論理だとされて居た俗説を既に克服した我々の世紀は、論理を實體との血肉的關係に於いてのみ把えなければならない筈である。そこ以外に論理の生き抜く道はない。斯の樣に論理が始めて意識されて生き抜く活路を見出し得たればこそ、「思考の時代は過ぎた、たゞ實踐あるのみ」と云ふ旗幟をかざした反論理陣が布かれ、論理をもう一度加減乘除の形を取つたスペキュレーションの世界へ引き戻すデモが開始されるのである。併しさうしだデモに押し返される論理はどしどし押し返されるがいい。實は論理でも何でもない論理的擬態のみが押し返されるだけで、そこを生き通すもの以外に本當の論理を考へる事は出來ない。反論理と論理の血戰される戰場は徑十五尺の土俵上ではない。十三尺から十五尺に擴張されたその土俵上に躍る人間、それを商ふ人間、それに見守る正面棧敷から二階三階四階に鈴なりになつた人間、彼等の留守に商つたり裁縫する人間、放送に聽き入つたり煩さがつたりする人間、さうした全人間が生き死にずる總體的な現實が戰場であつて見るなら、一寸押された二寸押し返したと云つて杞憂したり樂觀したり溜息ついたり一服したりする愚劣を繰返すには及ばないのではないか。反論理を反論理として押し通させるものを強く生長させるものがあると云ふ事は、同時にその逆の現實的實體を執拗に再生産それも擴大的にさせると云ふ事を意味する。これが現實認識の、近代國家成立以降の現實の率直な認識の、根幹を成すものである。

　だから、論理的思念は、背後に何も恃み得ない寧ろアナーキスティックな愚痴として現れるなどと云ふ道理は斷じてあり得ない譯である。

　現代文藝に啖呵する文藝など振り返つて見たらなかつた、愚痴する文藝であるに過ぎなかつた、と本稿冒頭に書いた事は、こゝに到つて、もう一度訂正しなければならない樣にも思はれる。それは、啖呵の精神が結局には愚痴の精神に通ずるものであるなら、一方に愚痴が跋扈すれば他方に啖呵が横行しても不思議ではなからう故である。そして、論理と反論理の下部にあつてのじりじりねつちり構えた鍔迫り合ひを他所に、そこから浮き上つて愚痴と啖呵が慣れ合ひの上でしきりと應酬を交はしてゐるのに氣付くであらう。啖呵と愚痴が一體となつて居さうなものが、啖呵は啖呵でがなり散らし、愚痴は愚痴で啖呵切る輩に泣きべそをさらしてゐるのが現狀だ。だから、兎もすれば愚痴りたくなる我々が、早急にも、啖呵する奴も居やしない、と結局は愚痴にならずには濟みさうもない弱音じみたものを考へもしたが、全く事態は明白なのだ。で、最初の意圖たる啖呵訓は愚痴訓に改められ、今更愚痴でもあるまいではないか、と訂正した方が少しは理解し易くなるに違ひない。だが、それもとゞの詰りは同じ事を云つてゐるに過ぎないのである。

　論理的思考は物を正確に視る所から出發する以外に出發點を持たない。愚痴が介入して來る際は、あるがまゝに視る構へに先入主的な圖式的思考を持ち込む事に依り、圖式が圖式である限り免れぬに決つてゐる現實との喰ひ違ひに、現實と要領よく取り組まうとして適はず今更の如く困惑した輩の、狡猾な心構へにある。それは取りも直さず、現實を自分の圖式通りに動かせなかつた事への泣き言であり、そんな泣き言する事に依り客觀的には現實を思ひ通りに動かさんとする恣意になり了つてゐる。それが全く論理の正しいありかたと無緣であるのは、正に、かうした根據に依つてである。

　事物を正確に視ると云ふ事は、文藝作品に對する場合には作品の客觀的現實として示す意味を把握すると云ふことになる。文藝評論家が文藝評論家として生きる仕事始めは、萬事に先立つて、作品の持つ客觀的意味の探求になければならない。文藝理論の一般論も、常にかうした文藝評論の根本課題と密接に綯ひ合はされて居ればこそ一般論として有力なのであり、文藝評論家としての職域は、何はともあれ、如何なる作品に次代の糧を見出す可きか、と云ふ問題を中心としてあらねばならぬのではないか。文藝理念の確立と云ひ、創作手法の論議と云ふも、究局は此の根本課題の爲に捧げられるものであるだらう。作者の創作心理の分析も勿論他山の石として重要であらう。創作手法に何々主義をかゝげて主張する者もあつていい。古典に沈潛する事も、それが現代の視角から爲されるなら、どし／＼爲されるがいい。併し、讀者と文藝が壓倒的に結びつく契機を與へるのは、日に日に創作される今日の作品であり、日に新たとなる歷史的現實とのぎり／＼な嚙み合ひを直接な生活的關心に於いて示し得るものは現代の作品を措いてはあり得ない。この日に新たとなる歷史的現實と文藝の嚙み合ひの關係は、作者を離れた客觀的現實としての作品の一つ一つを通してのみ認められるのであつて、個々の作品が歴史的現實の推進に於いて示す處の位置こそが尊ねられねばならない。その位置を我々は作品の意味とでも謂ふのである。又、その意味の成立する經緯を把握するものとして文藝理論を考へるのである。文藝は正しき文藝理念に適ふ作品に依つて始めて最も强く積極的肯定的に歴史的現實に訴へ得るし、誤れる文藝理念に立脚した作品によつては、假令訴へ得る事は得ても常に否定的にしか訴へ得られない、と云ふ處に、文藝の社會的性格がある。現實性を故意に離れた作品の訴へる役割は、その訴へが如何に激しいものであつたとしても、それは單なる惡しき煽動であるだらうし、正當な人間的意欲に驅られながらも、文藝の社會的性格の正しいありかたに無智であるならば、それも終局的には惡しき痕跡を人間心情に刻印せずには置かぬであらう。文藝には政治的な馳引は毫末も不用である。有害である。こんな考へ方はもう疾くの昔に常識となつてゐる筈であるけれども、この意味での文藝の純粹さはいくら求められても求め過ぎる事はない。（瑣末なる寫實より自由な、そしてデテールの寫實に拘泥せぬ高次のリアリズムに就いて私は語つてゐるのである。描寫が即物的で手堅いから好い作品だなどと言ふ安易な瑣末的リアリズム——若しリアリズムと稱し得るなら？——を語つてゐるのではない）

　過去の偉大な作家が方法的に無意識に爲した跡を分析して得られた幾多の有意義な研究業績を我々は持つのであり、論理的思考、現實認識の手掛りを彼等の時代とは比較にならぬ程度に豊富に持つのである以上は、それらを如何にして創作する場合に有意義に生かし切るか、この努力を頭から輕蔑する作家はよもや居るまいとは思はれるが、未だ、愚かなる自惚から盲滅法現實の眞を暗中模索し續ける樣にしか他所目には見えぬ作家の何と多い事であらう。彼等の思ひ出した樣に嘯く、信ず可きものは已れの作家的肉體以外にない、といふ言葉の何と寒々とした響を持つ事であらう。

　兎も角、文藝が現實と渡り合ふ渡り合ひ方に、客觀的に意味を求める時、何らかの意味をそこに見出さずには居ない。而もその意味は、作品の現實との對決に依つて持つ意味以外を指すものでは毛頭ないのだから、小説を判じ物か何かの樣に思つては、そこから數行の格言的テーマを引き出す「バルザック論」の著者アランの如き意味探求とは全く相容れる餘地がない事は自明である。眞實への意欲は作品のさうした意味探求となつて現れる。だから、今日の如く眞實への意欲の衰弱が恥ぢられる處か、逆に客觀的眞實自體への不信が誇らかに高言される樣な好しくない情勢にある時、批評家が、この作品は何を云つてゐるのか判らぬ樣な作品だといふ樣な言葉を不用意に吐く事は吳々戒心しなければならぬのではないか、正しかれ正しからざれ、作品が歴史的現實に參畫する爲方は如何なる場合にも無色透明だなどいふ事はあり得る道理がなく、その色調を分析し出す事にこそ、批評家として生きる道がある筈である。啖呵と名乘りと仁義と愚痴が奇體な混淆を示してゐる現代文學を對決し、作品史以上に貧弱なる傳統しか有さぬ日本文藝批評を基礎構築す可き彼等が、假令意味が判らぬと言ふ事を作家主觀の衰弱の意に使用してゐるとはいへ、今日の當面課題でありつゝ而も批評といはず創作といはずその意欲の衰弱を告白するなどとは以ての他の沙汰である。此の作品の與へる讀後感の亂雜さはかうした事にその秘密を持つてゐるのである、と指摘し得て始めて批評なのであらう。一箇の作品からそれだけから作家の肉體へ喰ひ込み得るだけの透視力が鍊磨されなければ、何時まで經つても批評は前進しないであらう。かうした透視力の弱さ處か缺除といつた所に、近來作家論が流行するいはれがあるのではないか、と考へる事は果して思ひ過ごしであらうか。作品のそれとして現實にもつ意味を作品分析だけから引き出し得ない批評的無力感が、作家の創作徑路と云ふ樂屋口を訪ねるのである。そんな批評の無力から、啖呵文學・愚痴文學に壓倒されるのである。だから、「雪國」の作者が見え透いた便乘文學者達の右往左往の中で、判つた樣な判らない樣な、文學とは反逆精神である、なんかと高吟すれば、隨喜の涙を流し、その高吟が正に適切な前述啖呵の一標本である事に氣附き損ふのである。「雪國」の作者などこそ、文學を政治の手先から解放せんと死に身になつた一人であつたらうに、文學とは反逆精神である、といふ言葉の何と輕薄に、何とスローガン染みてゐる事であらう。何と行政的な言葉であらう。肯定的リアリズムなる詭辯そのものの如き提唱が馬鹿げてゐる事は、否定好きなインテリの大部分が冷笑の中に認めるのだが、それとなると、その言葉が雪に埋もれた湯泉宿の炬燵のぬくぬくした駘蕩感の發した吐息である事も忘れ、全く現を拔かす。それが如何に空虛なる便乘根性への戒告として爲されたものとはいへ、文藝理念は決して行政的スローガンくさい言葉で表明されてはならない、と思ふ。十も百も千も萬も判り切つて居る事であるが、肯定は否定あつての肯定であり、否定も肯定あつての否定である事は、瞬時たりと等閑に附すべき事ではない。此の命題を己れの手の平に三遍書いて嘗め〳〵文學の門を潜るなら、一生アポロンの神に愛想づかしをされると言ふ事は無いであらう。

——一九四一・五・一五——

風景

小野十三郎

病兒に附添ふて
迎への車に乘つた。
下駄を脱いで上り
ベッドの傍に坐ると
外から扉はぱたんと閉められ
大型の病院自動車は動きだした。
暗いふしぎな窻から

私は白晝の街を見た。
蒲團ぐるみかつぎこまれて
小さな赤痢患者はうつうつと眠つてゐる。
やがて車は
輕く一つバウンドして
鐵道線路を越えた。
工場地帶の片側街の
泥溝に沿ふた路を赤痢は走つてゐた。
煤ぼけた葦原がどこまでもつづいてゐる。
精神の或る比重のやうなものが
やゝ困惑して
地平を移つた。

頽廢の一形態

原田勇

「彼の繪を見ることによつてこの異常な性格を理解する手掛りを得ようと考へた僕の豫想は全然誤りであつた。陸地の影は一層遠ざかるばかりであつた。たゞ一つ、僕にとつて確らしい事は、――勿論それすら單に空想にはすぎないだらうが――何か彼を確りつかまへてゐる力から、解放を求めて必死になつてもがいてゐる彼の姿だつた。だが、ではその力が何であるか、またその解放がどんな方向をとるものであるか、それは一切わからなかつた。……」これは、例の南太平洋上の小島タヒチに生涯の後半を送つた事で有名な畫家ゴーギャンをモデルにして書いたと云はれるサマセット・モームの作品「月と六ペンス」の中の極めて小さな部分である。私は、モームの此の作品を書かうとする動機に興味を持たうとした。此の唐突な引用もその所産でしかない。しかし、それに依つて此の作品の精細な檢討に入り、更に作者モームに對する總括的な批判を作りあげやうとする意圖を持つたのではない事は斷つて置かねばならない。私は、此の作品の中から文學的脱出の痕跡をさぐり求めやうとした。無論、さういふ角度からの接近も、作品批判を生じ得るし、作家の映像を作りあげる方法ともなり得る。しかし、こゝでの私は、特にさうならない事を豫定したがつてゐる、といふことは云つて置きたい。文學的脱出に關しては、これまで私は屢々かいてゐる。(「文學的脱出の標識」――「世代」創刊號、「文學的脱出の再吟味」――「文藝日本」第一卷三號、及び「行動文學」に「脱出文學論」)そして、さういふ課題は、かけばかく程、より以上の檢討が要求される、といふ事もやむを得ない實際である。しかも、理由は、私自身の良心の側にのみあるのではなく、外部の事情も、決してさういふ課題の放棄を簡單には許してはくれないかにみえる。例へば、われわれの文學圏はきはめて擴大した。その擴大の下には所謂「外地文學」の問題が當然擡頭して來る。それが漫然たる文學の殖民政策の一部門として片づけきれないものである事いふまでもない。私のかういふ試論をかゝうとする理由である。

文學的脱出は、第一次大戰後の作家達――特に歐羅巴の作家達の特徴的な性格の一面を語るものであらう。少なくとも「脱出の文學」なる命題をうちたてた人々はさう考へてゐたし、かつ、ゐるであらう。彼らは、かつてのロティやコンラド、さらにさかのぼつてシャトオブリヤンなどにみられるエグゾティスムの文學と「脱出の文學」とを明瞭に區別することを欲してゐる。そしてこの新しい命題の發生の場所として、ボォドレエル、ランボオあたりがとりあげられたのである。われわれ日本人に、「脱出の文學」の意義を告知することに懸命だつたフランスの詩人マルク・シャドルヌ風に云へば、ランボオによつて豫言せられたデシヴィリザションは戰後の青年達のマニフェストとなり、具體的實驗の機會となつてあらはれたのである。そこに、危險を冒す行動的な精神とか、空間的自然への挑戰としての速度へのロマンティスムの示唆をみる事もまた可能であらう。そして、それはもはや、十九世紀浪漫主義の諸詩人にみられた、單なる「色彩への憧れ、移動するものへの誘惑」からは區別されねばならないとされた。例へばポオル・モオランは「流動のうちに形を感受するために機上の鳥瞰を」愛したのである。そして、この視點から、變貌をかさねるアンドレ・ジィドの生活を眺めるならば彼は、つねに、あらゆる外部的内部的束縛から身をもつてする自己解放につとめた事になる。「ニィチェの言葉をかりて云へば、限りなく自己の沒落を要求した。ジィドは彼の師であるニィチェとは別な手段によつて冒險を愛し、隷屬を憎んだ」のである。こゝには多くの批判の生れる餘地はある。それは必らずしも、初期のジィドのアフリカ旅行と、後年のコンゴへの旅とのもたらした結果の差異にのみあるのではないのである。しかも、ジィドに對するシャドルヌの此の言葉は否定する事は出來ないやうにおもふ。

國境を離れる事によつて得るものは何か、異國での彷徨と冒險とのうちに何を發見するか、といふ問ひに對して、シャドルヌは、「それは歐洲個人主義への峻嚴な裁斷の機會であり、そして、それ自體の虛無を體驗する事である」としてゐる。そして、「より嚴密な客觀的態度で人間性のすべての表現に徹する機會」をみだす事に他ならない、と考へる。此のやうな解釋は、餘りに美しすぎる粉飾だと考へる向きは當然あらう。實際に於て、このやうな國境からの逸脱を單なる逃避だとみる人々もまた少くないのである。われわれはアンドレ・マルロオとかアンリ・ド・モンテルランとかいふ作家達の作品に脱出の文學のより積極的な姿をみやうとする習慣をこれまで持ちつゞけて來たやうにおもふ。ジィドに比べてはるかに若いこれらの世代達は、たしかに十九世紀には豫想されなかつたやうな新しい作品の性格を示した。しかし、結果されたものに暫く眼をつぶるとすれば、マルロオは東洋へ考古學の勉強にやつて來たのであり、モンテルランはイスパニヤの闘牛に興味を持ちすぎた。これを一つの逃避だとみる事も自由であらう。だが又、東洋へ考古學の旅をする若い作家の情熱に、舊來の作家的生活へのきびしい批判がないとは必ずしも云へないのである。いはんや、東洋に來たマルロオが歐洲帝國主義の亞細亞への殖民的侵略のなまなましい姿に眼をたゝかれ、考古學を忘れたとしたら、彼の旅行をありふれた逃避行だと簡單にきめつけることは早計のやうでもある。

自己解放への希求といふべきものを探すなら「ルネ」や「アタラ」のシャトオブリヤンにもそれはあつたとみるべきかも知れない。ブランデスによれば、彼は加特力教的忘我と惡魔的情熱とによつて國境の外へかりたてゝ行かれた。此の姿に對して私は、かつて「こゝには一種のリベラションへの要求が感ぜられないとは云へない。だが、こゝでは自己省察の前に情熱と好奇が先行する」とかいた。今でも特に訂正しやうとは考へないが、甚だ不備だとは考へてゐる。彼の持たねばならなかつた「世紀の惱」は、むしろ解放された自我のあてのない彷徨から生れたものでなければならなかつた。そこに萠芽する歐洲個人主義が「峻嚴な裁斷」を受けるために一世紀後の作家達が新しい旅行を始める必要が生じたとすれば、そこには矢張り一世紀といふ時間的距離のもたらした內面的差異の生れる可能性が肯定されて然るべき筈である。しかしあらゆる外部的內部的束縛からの解放、といふ命題は一世紀前にさかのぼつても妥當しないわけではない。束縛からの解放といふとき、われわれは先づルウソオを考へる。自然への復歸、原始への憧憬。ルウソオはジュリイをアルプスの山下に住まはせて、近代的都會的生活を拒否させやうとしたし、ベルナルダン・ドウ・サン・ピエルはポオルとヴィルヂニイを遠い洋上の孤島に住まはしめる事によつて「人間の幸福は、自然と德とに從つて生活する事にある」とした。われわれは迷はねばならない。既に脫出の文學はそこにあるではないかと。全く現代の作品にも、特にそれらと區別して新しい意義を附すべきかどうかに迷はなくてはならないものも少くない。無論、今日の作品では、あの樣に大げさにものものしく「自然」へのあこがれや、都會生活への拒否が、扱はれてはゐないのはいふまでもない。しかし「より嚴密な客觀的態度で人間性のすべての表現に徹する」態度がすべてにみられるかどうかは問題であらう。私が冒頭に「月と六ペンス」の小さな部分をかきぬいた理由も一つはそこにある。そして、この作品の主人公――ランボオ、セザンヌ、ゴーギャンの面影に作者自身の姿を投影させてゐるといふストリックランドに先づ興味を抱いたことはいはねばならない。此の主人公は一つの傑れた作品の主人公としては決して見事にかきあげられたものといふべきではなからう。この作品では、寧ろダーク・ストルーザの如きワキ役的存在の方が、鮮明な、成功した描出を伴つてわれわれの印象に殘る。しかし、こゝで作品評をしてゐるいとまは持たない。ストリックランドに私が興味を抱くのは彼がランボオでありゴオギャンでありモーム自身である事にである。ゴオギャンがタヒチに行つた實際は周知の通りであり、アルトウル・ランボオも若くて歐羅巴を拔けだし多くの人々が「脱出の文學」の豫知をそこに見出さうとしてゐる詩人である事はいふまでもない。そして、作者モームは大きく旅行してゐる作家である。文學的脱出の問題に、此の作家と作品とを一應ふれさせて來やうとしてもそれは當然であらう。冒頭に引用した部分でも知りうるやうに、「僕」はストリックランドの性格に、解放へのつよい要求を先づみやうとしてゐる。そして、別のところで「僕」自身もかういふ事をいつてゐる。「僕は、さうした一生（筆者註――世の常の平安な生活）の社會的意義も認めてゐたし、靜かな幸福もわかつてゐた。だが、たゞ僕の血の中の情熱が、なにかもつと波瀾のあるコースを求めてゐたのである。僕には、さうした安易な喜びの中に、なにかおそろしいものさへ感じられたのだ。もつと危險な生活がしてみたいといふ欲望が、僕の心の中に巣喰つてゐたのだ。變化と――そして豫期しないものから來る昂奮――たゞそれさへあれば、僕は嶮しい暗礁も、危險な淺瀬もそれほどおそろしいとは思はなかつた。」もつとも、作品の中に私のやうな模索を始める場合は相手が「僕」であらうがストリックランドであらうが同じ事である。特に此の作品ではさういふ無躾けが許されさうにおもへる。

さて、今引用した言葉の意味を裏返しにしたつもりで他の場處から都合のいゝ部分を探しだして來やう。「一體ある種の人間といふものは、ちやんと一定の故郷を決められて生れて來る、とそんな風に僕は考へてゐる。たとへ何かの拍子でまるで別の環境の中へ送り出されることはあつても、彼らは常に、自分も知らない彼らの故郷に對してノスタルジアを感ずるのだ。生れた土地には却つて旅人であり、幼い日に見馴れた青葉の小徑も、かつては嘻々として戯れた雜沓の町並もすべてが彼らにとつては旅の宿にすぎないのだ。その肉親の間に於てすら、彼らは一生冷たい他人の心をもつて終始するかも知れないし、また彼らの知る唯一つの乏しい風景に對してすら、遂に何か空々しさを忘れる事が出來ないといふやうな場合もある。恐らくこの孤獨の不安がさせる業なのだらう。人々が何か彼らの心を捕へる永遠なものを求めて、遠く、遙に旅をするといふのは。それとも或は心の奧深く根ざす隔世遺傳とでもいふべきものが、旅人の足を驅り立てて、まだ遙かな歴史の薄明に、彼らの祖先達の捨てゝしまつた國々を再び求めさせるのであらうか？　しかも時には、彼等は幸運にも漠然と感じてゐた神秘の故郷を探り當てるのである。これこそ求めてゐた憧れの故郷だ。そして無論まだ見たこともない風物の中に、まだ見も知らぬ人々の中に、彼等はまるで生れた日以來そこに住み續けてゐるかのやうな心安さをさへ感じるのだ。そして、はじめてそこに休息を見出すのだ。」此の解釋は、はなはだ二十世紀的である。いたつて合理的であると同時に疲勞を示してゐる。そして、私の「文學的脱出」に對する解釋とは大きく隔つたもののある事をみないわけにはゆかない。こゝにはまさしく逃避を見出す事が出來る。タヒチでのストリツクランドとアタとの住居へ泊つたキャプテン・ブルノは次のやうな感慨を抱く事になるだらう。「……私達の魂は、もう肉體といふこの檻の中にぢつとして居れなくなるのだ。なにか、さうだ今にも虚空にあこがれ出てしまひさうな、まるで死さへもう妙になつかしい友達のやうにおもへて來る。」

　われわれはゴーリキイの作品「チェルカッシュ」の中で次のやうなくだりを讀んだ事を記憶してゐる。「海へ出ると、いつも彼の胸の奥からは、廣々とした暖かい一種の感情が起つて、全精神を抱擁し、暫くは地上生活の汚れから自分の身を潔めてくれる。彼はこの感情を尙び、その感情の中に善化せられたる自己をみるのを好んだ。水と空との間に出てゐると、諸々の生の想念も、生そのものすらも常に先づその鋭さを失ひ、やがてはその價値をも失ふ。海上では夜になると夜のやさしい囁きがきかれる。その何とも云ひやうのない音は、人の心に平和をそゝぎ、もろもろのよこしまな衝動を懇におさへて、心中に力強い冥想を起させてくれる……」ここにみる想念は一見、モームの作品にみるそれと通じるものがあるやうであるが、此の素朴な感想は、モームの作品の中での解釋のやうな合理性はもたない代りに、あのやうな疲勞も知らない、いたつて單純な、むしろ生理的なものを持つてゐることが精緻にものをみやうとする眼には理解されるであらう。そして、それは、同じ作家の作品「三人」の中の一人、鍛冶屋の子パシュカの話の內容に當然つながりを持つてゐる。「ぶらつかうと思やぶらつけるし、走らうと思や走れるし、寢ころばふと思やねころべるし、どこへ行つたつて、野つ原だの森だのだし、雲雀が鳴いてらあ。そいつを見ると空まで舞ひ上つて行きたくなるんだ。腹さへ減つてなきや、地の果てまで歩いて行きてえつてほかにやのぞみは起きねえ。ちやうど誰かが、——母親が子供を連れてゞも行くやうに、づんづん先へ引つ張つて行つてくれるやうだ。」こゝにみるリベラシヨンの要求は素朴だが健康である。私はなにもこゝに文學的脱出の原型をみやうとはおもはないが、ストリツクランドの陥つたやうな頽廢はそこにないとせねばならない。只、かういふ素朴な放浪を、徒らに支持出來ない所以はこれがいゝ頽廢に變貌しないかどうかは容易に請合へないからである。所謂自然の誘惑への野放圖な歸依への警告は、イプセンが「海の夫人」でしてゐるものと私は考へたい。そして、それ故に、改めて「文學的脱出」の意味が、深く考へられていゝとおもふのである。私はモームの作品の多くをよんでゐない。或る紹介によると、彼は他の作品で、階級の異る二人の白人の孤島に共棲する時に生ずる結果の實驗、熱帶に夫を追ふ白人女性の適應力の問題、或は土人の女と白人との愛情の持續力への考察、更に白人と土人との間の混血兒のもつ特異な心理に對する追究、などにすぐれた才能を示してゐるといふ事である。しかし、「月と六ペンス」では、敢て、私の勝手な角度からそれをとらへる事にした。他に「雨」その他二三の短篇をよんだが、そこにも濃いエグゾチスムが流れてゐる丈で、作品の價値批判は別として、私ののぞむやうなものは得られなかつた。そして、むしろ「月と六ペンス」の中に、私の考へてゐた脱出の文學とは性格のかなり異る現代のエグゾティスム文學が見出し得られ、そこに頽廢の一形態の發見のやうなもののあつた事に一種の興味を感ずるのである。今日の作家達の國境を超えてのさまざまな體驗の堆積や、取材の範圍の擴大に、積極的で行動的な、そして建設的な意欲をのみ見やうとして、そこに「文學的脱出論」などといふものを築きあげてゐた私自身のうかつさを一應わらつてやつていゝのかも知れないのである。くり返していふやうにこれはモーム評でもないし、「月と六ペンス」についての作品批評でもない。只私の考へてゐた脱出の文學の方向が、此の作品にみうるエグゾティスムの內包する性格に向つてした或る照射の結果を呈示してみやうとしたものにすぎない。

實は、始め、私は所謂「外地文學」の問題をとりあげてかいてみるつもりだつたのである。しかし、一口に外地文學といつても、少い枚數の文章でとりあげるべくはなはだ空漠たる課題でしかない事も知らねばならない。われわれの文學圈の擴大しつゝある事は前にもかいた。朝鮮半島でかゝれつゝある文學がひろく現代日本文學の一部である筈だし、滿洲、臺灣等の外地、更に支那、南洋にまで現代日本文學の文學圈は伸びつゝあるものとみねばならない。極めて異る風土をもつそれらの地方には雜多な民族の共生がある。そして、支那は無論の事であるが、例へばインドネシヤにしても特異な文學的傳統を持つてゐる事が先づ算定されなければならない。しかも、それにもかゝはらず、われわれの文學圈は擴大されて行かねばならないのである。朝鮮では、半島出身の作家達が、かなり積極的な活動をみせ、その內地文學に對する位置は、英文學に於けるアイルランド文學のやうなものを豫想させるのであるが無論まだそこまでは行つてゐない。しかし、こゝでは內地出身の作家の活動餘地は殆どないやうにみえるが、滿洲となると滿人作家や白系露人作家に比べて內地人作家の活動がめだつやうにおもはれる。臺灣に至つては更にさういふ傾向は著しいやうである。その邊からも外地文學なるものの荷はねばならぬ性格の複雜さをわれわれは考へる必要があるのである。例へばパリ大學の教授ル・ジャンチのやうに南米ブラジルの文學をポルトガルの外地文學として扱ふといふ事になれば問題の範圍は更に擴大されて來なければならないであらう。私は宮武正道氏の「南洋文學」といふ本をよんでみたが、そこにはマレー語でかゝれた文學が概括的に紹介されてゐる丈であり、私の虫のいゝ期待に副ふ樣な蘭人作家や英人作家の作家活動は紹介されてゐなかつたが、さういふ作家達の作家活動は當然ある筈であり、同時にインドネシヤ作家達の文學も、オランダの外地文學といふ事も出來る筈である。佛領印度支那ではフランス人の作家達の作品が、かなりの量でかゝれてゐるといふ。そして、取材の方法も、製作の態度も、實に多樣であるらしい。例へば、故國を離れてその鄉愁と不安とをうたふもの、新しい生活雰圍氣の異國的情趣に陶醉を求めるもの、もつと寫實的な態度で土着の安南人の心理や思想にふれやうとするもの、白人と土着人との問題を扱つたもの等多彩であり、そのうちアルフレッド・ドロワンとかジャン・マルケ等の作品にはみるべきものあるといふ。これらに對して安南人の作家達の作家活動も無論無視出來ないであらうが、さういふ作家達の活動狀態について私は殆ど知らないのでこゝでは觸れる事は出來ない。むしろ、ここに定住する作家ではないが「王道」をかいたアンドレ・マルロオを私自身では重視するのである。

　外地に定住して作家活動をしやうする本國人作家と、土着民の間から出て來た作家と、更に新しい體驗と廣汎な素材を求めて本國から旅行して來る作家と、それらの人々の產む作品のどれに外地文學の本質的なものを求むべきか、さういふ人々を區別しないで渾然たる諧和の中にその本質をさぐるべきか、とにかく複雜な問題がそこには殘されてゐるやうにおもふ。われわれの文學圈の擴大と共にわれわれも當然それらの問題に切實なふれ方をしなくてはならない時が近づいてゐる筈である。たゞ、こゝでは深くその事にふれる餘裕もなく私自身の用意も足りないといひたい。しかし、われわれの周圍の作家達にも、新しい體驗と多樣な取材への要求は愈々強くなつて行くであらう。そしてそれが單なる紀行や現地報告に滿足に出來なくなる時、たとへ西歐人のそれと異る樣相に於てであらうと文學的脫出への要求が生れて來ないとは云へない。私が現代エグゾチスムの文學の中に頽廢の一つの形態をさぐつてみたのもさういふ日への或る準備だと自らひそかにおもひたいのである。（十六年・五月）

國語純化に關する一考察

★

最近「國語の純化」といふやうな主張が方方できかれる。誰が見ても、ここ數十年間の日本語の混亂は否定できないしそれを整理しようといふ意圖がやうやく熾んになつたといふことは、歡迎すべきことにちがひない。僕の屬してゐる詩人團體も、いづれも國語の純正化をその事業のなかに算へてゐる。實際さういふ仕事は、言語學者ばかりでも出來ないし、國文學者に委任しつぱなしでも出來るものではない。詩人などは、むしろさういふ仕事に身を挺する義務があると言つてもよい。

★

長田恒雄

しかしながら、この「純化」といふことは、どこに標準をおくか、といふことに重要な問題がある。今日一般に「標準語」と言はれてゐるものをそのまま鵜呑みにしてよいかどうかといふ點にも檢討の餘地があるであらう。國民學校の教科書を標準とするいふことも考へられるが實際の「日本の言葉」は更に複雜なものであつて、アクセントや句讀の切方やトオンや色々な問題を含んでゐる。從つてあまりにあつさりと片づけてしまふことは出來ない。單に便宜主義だけで國語問題を解決しようといふことは非常な危險を伴ふのである。そこには日本民俗史といつたやうなものも考へ合せなければ根本的な解決はのぞめないであらうし、音韻學的な考慮も拂はれなければなるまい。更にまた「言葉は變化する」ものであるといふことを先づ考へてかからなければなるまい。だから、一概に「純化」と言つても、如何に純化するかといふこと、また何を標準に純化するかといふことに、深い考慮がはらはれなければなるまい。

誰もが簡單に言へることで、日本精神的だと考へられ易いものに所謂外來語の排斥がある。これは日本語を混亂から救ふ一つの方法として確かに考へるべきことに違ひない。譯もなく生硬な外國語の採用は國民的矜恃の上からも面白くないことであり、日本在來の言葉で間に合ふものをことさらに外國語に置き替へるなどは愚劣なことである。けれども、それらの言葉は、移入される事物と一緒に入つて來る場合が多く、最初これに對する適當な母國語がない場合に、とりあへず原語のまま用ひておくことが多い。支那語の場合はさておくとしても、安土桃山時代に於けるポルトガル語の移入も、徳川時代に於けるオランダ語の移入も、共にさうした理由によることが多かつたやうである。そのころポルトガルからビロォドやボタン、ラシヤ、タバコなどの品物とともに持つて來られたものであらうし、サアベルや、ペンキなどがオランダから輸入されたときにそれらの言葉もはいつて來たにちがひない。明治以後イギリスをはじめヨーロッパ諸國から雜多な事物が輸入されて來たのであるから、それらと共に雜多な言葉が氾濫したことも當然である。

　しかし、我々の祖先は、實によくこれらの外來語を消化し、日本化し、日本語を豊富にすることに成功した。我々も亦それらの事物と一緒に流れ込んで來た言葉のなかから、歸化させるものはさせ、在來の日本語で適當なものがあれば當嵌め、また新しく作り得るものは造語して整頓とともに日本語を豊富にすることを心がけなければならない。ただ外國語をすべて排斥するといふことになると、漢字全廢にまで遡らないと徹底しないし、さうなると神經質に血統を洗へば、片假名も平假名もやめてしまはなければならなくなる。それでは文化を逆行させることに外ならない。支那の語字を、こんなにも巧みに日本化して來た日本人なのだから、そしてポルトガル、オランダの言葉をも消化して來た日本人なのだから、世界何れの國の言葉であらうとも、歸化させて純化することも可能な筈である。

　バトンは英語の訛りだからよくない、といつて木管といふ支那から來た文字にかへる、といふ樣な事は餘り賢明とは言へまい。それならばむしろ「きくだ」とまでやつた方が遙かに日本的であらう。萬葉初期の歌人などは、文字はは支那文字を借りてゐても、殆ど純粹な日本の言葉をもちひて、あれだけ豐かな表現をなしとげてゐるのであるから、假名の完成した今日、難かしい漢音や漢字を用ひなくてもいい譯だとも言へる。が、さう言つてゐたらきりがないし、今までに咀嚼した文化の努力がむだにもなるのだからある程度日本人の民俗に適ひ、便宜をえられる外國語ならば、中途半端な漢字など附會しないで、うまく歸化させて用ひる方がずつと國家的利益になるとおもはれる。といつて僕は「水をくれ」といふと喫茶店で「アイス・ウオオタアですか？」といふ式の醜態を肯定しようといふのでは決してない。そこに民族意識と國民的な自尊心を必要とすることは言ふまでもないことだ。

　話が少し逸れてしまつたが、「國語の純化」といふことも、さういふ點に充分な考慮がなされなければなるまい。

　そして同時に、國內に於ける方言の問題にしても、現在のやうに粗雜な棄捨法でよいかどうか判らない。柳田國男氏や倉田一郎氏の言語周圏説に據ると、中央の言葉の變遷が波紋のやうに地方へ擴つて行き、今日南端と北端とで同じ言葉が殘存してゐるやうに、今日中央が忘れてしまつてゐて、地方に殘存してゐる言葉のなかにも、再び呼びもどして座に還してもいいものもないとは云へない。さういふ仕事も、國語の純化の一つの方法として考へられていい筈である。むやみに棄捨するばかりが能ではない。むしろさうした古い言葉で忘れられてしまつてゐるもののなかから、正統的な美しいものを拾遺する溫故的方法は、たしかに一つのよき方法であらう。

一方に於て、新しい事物と共に發生し創造され、もしくは移入する言葉を、選擇したり、歸化させたりしながら、他方古語の復活をも併せ行ふ事によつて「純化」の體系を作ることが先決問題であると僕は考へてゐる。

僕等の常にやつてゐる「詩の朗讀」なども、正しい發音、正しい發聲を基礎として、日本語を益々美しく豐饒にしてゆかうと考へてゐるに外ならないが、たゞ僕個人としては上記のやうな理由から、あらゆる部門の人々の協力によつて體系的な研究を行つてのみ、この事は爲しとげられると考へてゐる。徒らに煩瑣な漢字ばかりを増加させたり、月並な表現ばかりに墮さしめようとするやうな國語運動に對しては、世界的日本國民として、また東亞諸民族の指導民族として、充分な注意を以てのぞむ必要があるだらう。

映畫技術の貧困について

龍　不　屈

暫くの間、軍隊生活をやつて再び世間に出てみると、今まで見馴れてゐたさま〴〵の事象に對して、從來と異つた感覺で接することが出來、新らしい感銘、再認識を數多く得られた。映畫に對してもさうで、特に邦畫の場合、今まで氣づいてゐた缺點が習慣となつて、不自然が不自然でなく諦觀のやうな氣持ちでゐたのが、再び幾つかの作品を觀ると、今更ながら多くの缺點を把むことができた。それは何かと云へば、凡てであると云ひたい。各々の部分一つ〳〵を取上げても極めて乏しい技術を再發見せざるを得なかつた。演出者の場合を例に擧げれば、今の日本に作品を觀ぬ前から安心してそれに接することのできる演出者は果して何人ゐるであらうか。僕はまだ五六本しか觀てゐないので斷言はできないが、今年になつて觀た作品の內で、完成された技術を持つてゐるのは溝口健二たゞ一人であつた。未だ幾人かはゐるであらうが、今年になつて發表された作品の中からとれば僕には彼一人としか感じられない。（小津安二郎、島津保次郎のはまだ觀ないので例外とする）それほど秀れた演出者といふものが少いのだ。それは演出者に限らず他の凡ての映畫人も含んでのことで、優秀と稱し得る者の全體に占むるパーセンテーヂは極めて小部分である。

その理由は映畫の藝術性が商品性に屈伏したためであり、そして商品としての安定感が技術の發展を停滯させたことはいふまでもないであらう。

特に驚いたことは錄音の惡いことであつた。（日活ウエスタンは別として）原音がそのまゝ再生されないどころか、セリフがはつきり聽きとれぬ場合がかなりあつた。セリフが高音や强音になるとガン／＼響いたり、樂器とか擬音とかが全然異つた音色になつて再現されてゐる。セリフの判らないオルトーキーは作品以前のものである。トーキー映畫が日本で本格的に作成されて十年以上になる筈だ。その間に大した進歩がないといふより、停滯してゐるのは如何なる譯なのであらうか。一應通用できる位にはなつてゐるし、觀客（おそらく製作者も）が音痴で苦情が出ないから現狀で滿足してゐるのであらうか。それがくだらぬ作品ならまだ差支へないが、秀れた作品の場合さういふのがあつては、觀てゐて腹のたつこと夥しい。「藝道一代男」の場合などしば／＼さういふ場面にぶつかつた。結果に於て期待に反した出來榮えだつたが、一つ／＼のシーンは前に云つた秀れた技術ゆえかなり見應えのあるものであり、そのため叮嚀に觀たのだが、時々何を喋べつてゐるか判らない所にぶつつかつたのには多分に興味を減殺されざるを得なかつた。音質の惡いのは機械の爲であるがそれより未だにマイクロホンに對する技術、例へば二三ケ必要なのに一ケしか使はぬとか、音のキャッチの仕方の拙劣などの方に大部分の原因があげられる。これは技術の行きづまりではなく良心のなさによるものである。

★

日本の映畫はよく文學的とか心境的とか云はれてゐる。自分も同感である、とうつかり思ひやすいがよく考へてみるとその言葉・意味は極めて曖昧でどういふ意味か自分にはよく判らない。多分、描寫が克明である事を云ふのであらう。文學的とか克明とかいふと褒めたやうにとれるが、僕はそれよりくどすぎると云ひたい。實際邦畫のどれもくどすぎる。その點もつとアメリカ映畫を學ぶ必要があるであらう。試みに日本の演出者にアメリカ映畫と同じストオリイのものを作らしてみるといゝだらう。少くとも三倍以上の長尺になる事は間違ひない。最近觀た「馬」が丁度それのいゝ例である。宣傳に依ると何年かの製作日數を要したといふだけあつて良心的である事は認める。良心的である事は必ずしも傑作を意味するものでない。更にそれに秀れた技術と素材がプラスされてこそ秀作となる。僕にはむしろ、あれをずつと短かくして文化映畫に編輯し直した方が、皮肉でなしに遙かに秀れたものが出來ると思ふ。あのまゝ劇映畫ではない劇映畫とするのなら、もつと實寫的な場面を削つてやはり半分位の長さにすべきだ。一歩讓つて、あれは劇映畫とか文化映畫とか云ふ既成の概念のカテゴリイ外の新しい形式であるといふ風に認めてもいゝ。が、それにしてもくどすぎる。それはカメラが据えはなしとか、全景が多すぎるとか、カットがながすぎるとかいふのではない。勿論それも一つの要素にはなつてゐるが、それより個々のシークエンスが不必要に迄描寫がスローモーに演出されてゐるからだ。それらの長さは作品の必要に依つて生じたものではなく、演出者の技能によるものである。

　それらの原因は果して何處に基因してゐるであらうか。僕はやはり技術と、それの先决條件である知性の貧困であるといひたい。映畫は現在では單に技術的事門知識のみに依つて作製する時代ではない。だが現狀では果して彼等の中に職能的自覺と藝術家としてのプライドを自負してゐる者はどれだけゐるであらうか。技術屋として職人としてのそれの方が壓倒的多數なのではないだらうか。それから氣の付くことは作品に對して熱意がなく、良心的でないものが多いと云ふことだ。小手先きの器用だけとか、ごまかしで作られてゐるものが如何に多いことか。先づ何よりも良心的であれといふ事は根本條件であり、常識であり、道德でもある。映畫に限らず如何なるものでもたとへ技術が拙劣でもその作品が理想を持ち、情熱が漲つてゐるものであれば、好感が持てるものなのであるが、そのやうな作品は殆どないと云つてよいであらう。素朴であらうとするより、自己の不備を何とかしてごまかさうとしてゐる、その方にのみ努力してゐる作品にしばしばぶつつかる。これはメチエの遊戯にすぎない。さういふ事は凡て教養の不足からと云つても過言ではないだらう。

　更に僕は彼等に廣い意味での政治に對する理解を持つ事を要求したい。それは自らの知的水準を高める一つの手段であるし、社會が如何なる映畫を求めてゐるかといふ事を識ることができる。又、直接・間接に、藝術は政治的、經濟的に無關心であり得ないからだ。

　さま〴〵の藝術の中で映畫ほど大衆への影響力の大きなものが他にないことは云ふまでもない。それが社會的效用性を重要視されてゐる譯である。今日生活の倫理化を叫ばれ、それの武器として映畫が大きな役割を擔當してゐるが、僕はそれよりも映畫人の倫理化の必要を先決とすべきであると思ふ。

　これらの問題は本來なれば、とうに解決されておるべき筈のものであり、新らしい意見ではないのだが、その根本的重要性からいつて、もつと廣くさまざまに追求さる可きものではないだらうか。

邊疆通信

塩谷二郎

概念的なものの考へやうとか、抽象的なもののいひやうとかは、此處を語るに相應しくない。

日本の美しい自然や環境に育まれた私達にはなぢみ切れないここの自然や風俗である。民族といふものの相異の絶對はかうしたここの自然を理解し得ないものにあるのだらう。異都に生きる日本人の在り方は、ここの自然と共に生きるものを體得することにある。それは概念的な抽象的な把み方ではない、もつと素朴な、もつと單純な事柄であり、誠實さと愛情の問題である。

かうした話は內地の友達には興味がないかも知れない。然し古代のギリシヤ人が三角の型を人々に知せるためにしたあの尊い努力と同じやうに、現代では人々が「三角形」といふことばで理解出來る事柄でも、ここの人達は素朴に單純に、先づ角のことから考へて行かねばならない。この誠實さで私はここを語りたいと思つてゐる。

日本の美しい環境から手を切つてしまふとそこで生長した私達の生活は獨り立ち出來なくなつてしまふものである。そして殖民地の人達のうちでは、無定見に流れてゆく人もある。方向を與へるべき政策が、殖民といふ事實の後へ後へと追從して行はれた放縱さのためもあるけれど、多くの人達は生活のよりどころを日本の文化、日本的なものに求め、そしてその人達の教養がここにもまた小さな開花を見せる。しかし歐洲の人達のそれ程でない、租界とか異國人の街とか、部落とかいふやうに、自國の領土のやうに柵で圍みはしない。中國人のなかに紛れ込み、水のやうに土のなかに浸みてゆくものであるけれども、こ この自然や環境を日本的なものの觀方のかげにかくしてしまひ、本當の中國を理解しようとしない。ここの自然と共に生きるものをもつことの困難は、非常に大きな努力であるからだ。

自然と共に生きるものの探究と把握は、本質的にみて文學の役割であると思ふ。滿洲文學も所謂大陸文學といはれるものもすべて異郷に根を下し、そこを基底とする文學の役割は、かうした意圖のもとになされねばならないであらう。いまゝでに異郷に文學の開花をみた多くの作家、メリメ、マルロウ、バックなぞそれらの文學は、只本國を離れたに過ぎない故郷の文學であつた。その土地に愛情を持つてゐようとも、その土地、自然と共に生きる何ものも持つてゐなかつたのである。彼等は決して故郷を忘却しはしない、反つて誇らうとさへするのである。私は絶えずかうした自然と共に生きるものを探究する意圖で書かれた大陸文學の凱歌を念じてゐる。發見と示唆に富む文學が現代に果す役割は、人々の渴望を滿し方向を與へることにある。大陸の自然の發見と示唆はあくまでも求めなければならない問題である。

內地の友達はここの自然や風俗を識りたいであらう、繪葉書のやうに知りたいであらうと思ふ。それはもつとも簡單なやうでも私には却々困難なことなのだ。この偉大な自然、そして風俗をまとめることは、あまり概念的な抽象的なものになり、それに依る理解は遠く虚しくなるおそれが多分にあるからだ。正確に傳へることは愼重を要する事なのだ。たゞ今後私の話を聞いて貰ふためにこれだけは傳へて置かう。多くの中國人は批判に對する教育を受けてゐない人達であること、植物的な思考より持つてゐないことである。かういふ時代に到つても、傑出した人物の現れないことも確かにかうした理由に基くのだらう。所謂知識階級といはれるものも中國には多いには違ひないが、黄河の河邊に叢生した楊柳の青さのやうに、すが／＼しい點景であるだけで、流れを導くなにものもないのである。

中國の歴史の示す誇らしげな人間と業績は既にここの自然に歸つてしまつてゐるのに、それらの老大な遺産を信ずることが內地の人達の中國への概念となつて、事實とは全く異つた美しさを描いてゐることゝ思へる。然しここの風俗習慣のなかに、私達は古代の美しい秩序を識る事が出來る。たゞそれが時代的な解釋がなされてゐないので、餘りに單純な餘りに素朴すぎるむしろ野蠻にさへ感じられるものを見出す。さうした風俗習慣と民衆とのつながりも時代的な解釋がなされてゐないだけに、私達には理解しがたいものがある。

それがまた蒙古の草原に於ては、私達に遠い時間を考へさせる。草原に放牧されてゐる牛や馬の群はヂンギスカン時代のまゝといひたい、野生の動物どもも蒙古人の包《パウ》のほとりに餌を漁りにゆくだらう。

…………………………

私は斯く語りつゝ何もいつてゐないのに氣付いた。どうしたら語り得るだらうといふことを先づ考へなければならない。

內地の友達よ、諒とされるならば長く語らして貰ひたい、次の便りからは氣の利いた語り方をしよう。そして良いルポルタアヂュにしたいと念じてゐる。

× × × ×

商賣往來

杉山平助は過日情報局に招かれ、全日本の文筆業者に半年間執筆を停止させるといふアイデアを提出したさうである。彼の執筆停止論は「特定の個人とか、特定の團體とかを目標とする政治的意味のものではなく、全日本の文筆業者一切をひつくるめて半年間絶對的に精神的生産を停止するといふ、現實には實行不可能な提案なのだから、それは純粋に社會學的意味を帶びた議論」ださうである。本人が言ふのだから間違ひあるまい。之は至極結構な提案であり小生如きは大賛成である。だが之は何故「實行不可能」だと彼自ら言ふのか。詰り彼杉山自身がどんなにエラさうな事を言つても、所詮浮草の樣な賣文業者であり、ハッタリで飯を食つてるだけの男だといふ證明以外に意味はない。本來杉山の樣にタンカを切る事の好きなやつは、駄文を賣る事などやめて土方にでもなつた方が本人の爲でもあり國の爲でもあると思ふのだが、いつ迄も下らん文筆などといふものにカヂリついてゐるのは己を知らざる事甚しと云ふべきである。(X)

最初の水を迎へる蛙達の歌

田木繁

一番堰が抜かれた！
二番堰が抜かれた！
一番堰は字山田原二十町歩の百姓達のために。
二番堰は字新堂三十町歩の百姓達のために。
地面に耳をあてると、地ひゞき打つて流れこんでくる水の音が聞こえるやうだ。
乾いた土の隅々まで行きわたる快さが身にしみこむやうだ。
それにつけても、これまでの人々の苦労が思出される。
施肥、馬鋤、砕土。
大川の水位を高めるための築堰、こちらへ引つぱつてくる水路の泥あげ。

同時にわし達自身の苦勞も大抵でなかつた。
何日間もつゞいたひでりのために、死せんべいのやうに卷きあがつた地殼。
風が吹くたびに、メリケン粉のやうに舞ひあがる砂煙り。
より低いところ、しめり氣あるところを求め、ほうつき歩いた。
大葉子の蔭や泥鰌の穴に一夜の宿を賴んでまはつた。
すると、その油斷見すまし、迫つてくる者があつた。
鎌首もたげ、ペロ〱舌を舐めずりながら。
が結局、この旱魃もギャングもわし達一家を鏖殺しにすることに成功してゐない。
女房や餓鬼達は相變らずたつしやで背後に從つてゐる。
女房の眼玉はとび出、多少容色が衰へたにしても。
餓鬼達の腰はふらつき、いくらか發育が遲れたにしても。
見ろ！
手甲脚絆に身ごしらへた百姓達がこちらへ苗束を運んでくる。
紺がすりの筒袖を短く着こんだ娘達もくろに立つて待ちかまへてゐる。
間もなく荒野は變じて青海原になるだらう。

そよ風がその上を渡るであらう。
さゞ波がくりかへしわし達の皮膚を撫でるであらう。
さあ家族達、用意はよいか？
小溝から田んぼまでひとまたぎの跳躍だ。
幾組も打連れての水田移住だ。
昨日までの小溝の中の蛙が、今日からは水田の中の蛙となる。
そこで一匹あたり一萬匹の卵を産みつける。
百萬匹のお玉じやくしが誕生する。
大水田蛙國家の建設がはじまる。

（一六・五・一三）

原子の追放

J・C・グレゴリイ
宗谷六郎譯

デモクリトスは西紀前約四二〇年頃アブデラに原子論學派を確立した。約六十年後、恐らく西紀前三六〇年以後に書かれた『ティマイオス』の中で、プラトンはデモクリトス流の原子論に代るべき説をほのめかしてゐる。バートの所謂「幾何學的原子論」は勿論デモクリトスの原子論の決定的な對置として意圖されたものではなかつただらうが、結局はそうなつた。『ティマイオス』に於ては火、空氣、水、土の四元素は夫々幾何學的に規則正しい微粒子によつて構成されてゐる。火の粒子は正四面體――四つの正確な等邊三角形が各四面體の四つの面を形成してゐる。空氣の粒子は八つの等邊三角形を面にもつ八面體である。二十の同様な等邊三角形が水の各粒子の面であつて、即ちこの粒子は二十面體である。土の粒子は以上の構造と異つて六つの正方形を面とする立方體である。デモクリトスは原子に無限數の形を許したが、其後エピクロスは同形の原子の組を制限した、勿論その各組に屬する原子の數は無限ではあつたが。『ティマイオス』は晩年のエピクロスよりも更にしみつたれて、構成粒子を四つの型に制限した。『ティマイオス』の四つの規則正しい幾何學的形體をもつた原子と更に種々變化に富んだ原子との比較は、二つの流行思潮の比較への手懸りである。

立方體をなす土の粒子は分割も破壞も出來ぬ原子に比較され、それは「決して他の如何なる形狀もとり」得なかつた。『ティマイオス』では土は變化から除外された。そしてこの除外は構成する安定な立方體の不變性に內在するものであつた。併し、他の三元素は相互に轉化する事が出來たから、その構成粒子は原子の如く不變なものではなかつた。例へば、火が空氣に轉化するとき、四つの等邊三角形面をもつ、火の四面體をなす粒子二つの、八つの三角形面が空氣の八面體をなす一粒子の八面を形成した。『ティマイオス』の表現に從へば、「火の二容積は空氣の一容積をなす」のである。逆に「空氣の一容積は火の二容積に分割され」る。水の二十面體の二十の三角形面が「火と空氣で分割されると」二組の八つの三角形面が空氣の八面體粒子二個を、四つの三角形面一組が火の四面體粒子一個を作り得るのであつた。

かくの如き可變粒子は、決して破壞することの出來ぬ原子ではなかつた。『ティマイオス』に於て、吾々が空間よりは判きりとしかし可視物質よりはぼんやりと考へることの出來る「不可視無形の存在」が三角形面で、幾何學的な規則正しい粒子に、云はば塑造された。この單一「質料」――かく呼ぶことにするが――は、デモクリトス流原子の一樣的要素に對應したのである。ギリシヤ人は常に單一母體的要素を好んで採用したが、『ティマイオス』はそれを分割し破壞することの出來ぬ原子に分割することを好まなかつた。アリストテレス（西紀前三八四年――三二二年）も又デモクリトスの分割することと出來ぬ原子に好意を示さなかつた。原子が如何に小さくとも部分をもち、しかも分割出來ないとすれば、變なものだと考へられた。部分を持ちながら奇妙にも分割出來ない原子は常に原子論者にとつて思辨上の難點だつた。そして小さな固い破壞することの出來ぬ原子が現代の同名稱物に代替されるまでは依然として難點だつた。この不合理性がギリシヤの原子にとつて、原子論が復活された當時の、十八世紀の原子にとつて、更に十九世紀のダルトン流の原子にとつても脅威であつた。若し自然が、實際に於て分割すべき部分があつても、分割することを避けたのだとすれば、不壞性原子への反對を除くことは出來た。原子論者は常に、西紀前第五世紀のレウキッポスや西紀第十八世紀のボエルハーヴエの樣に小さ過ぎて分割出來ないと主張するか、デモクリトスやその近世の亞流の如く固過ぎて壞れないと立論した。これは尤もらしい說明であつた。何故ならアリストテレスも、デモクリトスの見解に考へ迷つた擧句、決定的に原子に反對したとはいふものの、可能的には分割出來る物體も現實には分割出來ないこともあり得ることは認容したのだから。部分をもつ粒子が不合理にも分割出來ぬと云ふ事は常に固形原子にとつて脅威であつた。勿論この唯一つの脅威では原子論を抹消するに十分ではなかつたが。

『ティマイオス』に於ける火、空氣、水、の粒子は不可壞の原子といふよりも、プラトンの意味に用ひられ得る限りに於て、むしろ可變可壞の微粒子であつた。この原子に反對する偏見の緒口は『ティマイオス』に於て原子に對する次の反對と結びついてゐた。宇宙の本性を特に研究したから、對話を講議に轉用し、このプラトンの書物に名を與へたティマイオスは眞空の無い事を繰返し言ひ張つた。『ティマイオス』の說明は原子論の空虛、といふよりもいくつかの空虛を注意深く避けてゐる。ぎつしり詰つた土の立方體粒子、僞原子は少しも間隙を殘さないのであつた。他の元素の各粒子、卽ち微粒子は皆同じ形を有したが、大きさが異つた。斯くの如き粒子の大きさの相異と、しかも幾何學的な規則正しさは、如何に元素が混合しても眞の空虛が存在し得ないことを確證した。『ティマイオス』は恐らくその說明不統一はまぬがれなかつたが、しかし繰り返し空虛を否定し、眞空を避けんとした。ブーディンによれば、『ティマイオス』に於ける「幾何學的原子論」の論議は「大挿入」に於て見出されるが、この挿入句は、本文話說に於ては「眞空の樣なものはない」と斷定されてゐるものの、構成粒子間の空虛な場處を認めることによつて原子論者に屈服してゐると云ふ。若しブーディンが正しいとすれば、プラトンは若干の空虚の存在し得る事を挿入として認めたのだが、しかし「最も大きな粒子から成る」物には「最も大きな空虚が殘されて居り」「小さい粒子を大きい粒子の間に」詰める事が實際の眞空を意味するためであつたかどうかは疑はしい。若し「宇宙の旋回」が「如何なる場所も空虚に殘されることを許さない」とすれば、この様な暗示された眞空は單に最初の一時的なものであつたにすぎない。說話に於ては、粒子は互に押し合ふことによつてのみ動き得たので何等空虚な場所を殘さなかつた。そしてアリストテレスは、プラトンは空虚を否定したと解釋した。

傳說によると、エピクロスが訊ねた教師達はヘシオドスにある「渾沌」が何を意味するかを知らなかつた。西紀第一世紀に書物を書いたプルタルコスは知つてゐた。ヘシオドスの「渾沌」は空間の廣い擴り、事物の大きな宇宙的容器であつた。他の創成物の爲に場所或は空處が要求されてゐたのだから、プルタルコスが云ふやうに、ヘシオドスが渾沌をもつて天地創造の始めとしたために讃嘆されたのなら、レウキッポスやデモクリトスも、無限空虚を宇宙的大舞臺と見做し、靜止することなき原子に空虚な場所を假定したのだから、有利な傳說をもつてもよさそうなものである。デモクリトスより以前の、また以後のピュタゴラス派の人達は、大古では空の場所は空氣と混同されてゐたとは云へ、世界の外部に大空虚を假定したらしいし、世界の內部にも空虚を想像したらしいが、プラトンはピュタゴラス派に多くの同情を持つてはゐたが、決定的に空虚を否定した。プルタルコスは或個處でプラトン（西紀前四二七年――三四六年）以前の全哲學者は眞空を拒否したと明らさまに言明してゐる。若しこの言明が文字通り解釋されるものなら、不穩當にもレウキッポスやデモクリトスは哲學者の表から除外される事になる。プルタルコスは多分ゆつくり吟味せずに鋭い一般的な表現をしたのだらう。彼自身他の處でピュタゴラス流の世界外部の眞空を述べてゐるのだから。併しプルタルコスの誇張した表現や、『ティマイオス』への固執は、ギリシャ精神に空虚が信ぜられなくなりつゝあつた事を物語つてゐる。

原子論者の空虚は又アリストテレス（西紀前三八四年――三二二年）にとつても信じ難いものだつた。そしてエピクロス（西紀前三四二年――二七〇年）は頑固な不信に對して空虚を擁護した。躊躇があり、意見の變動があり、讓步があつた。併し意見は次第に空虚に反對に展開して行つた。西紀前約三百年以後次第に勢力を得て來たストア派は、常に世界の外に無限の眞空を認めたが、內部に空虚を許さなかつた。西紀前第三世紀に、ストラトンがしばしば若干の空虚を散開せしめたとき自然は常にそれを滿たさうとしてゐると强調した。原子と空虚は或る醫學的見解の中に影を引いてゐたが、西紀第二世紀の終にガレノスが遂に原子論を追放した。併し眞空は次第に信じ難いものになつて來た。西紀第一世紀に執筆したローマの折衷主義的ストア派セネカは、自然に眞空は存在せずといふ宇宙觀を表明した。プロクロスは西紀第五世紀に認容されないものとしての眞空を語ることが出來た。『ティマイオス』に於て空虚が否定された西紀三六〇年と、プロクロスがその全面的否定を斷言し得た西紀第五世紀との間の年月は不變の實在の間に無限の空虚を含ませる原子論には幸ひしなかつた。

ルクレティウスは「變化しない要素」と、その「始源形相」と、「觸知出來ない場所」について書いた。「變化しない要素」、諸原子の單一實體は一つの始原物質を選ばしめた。この選定に於てはティマイオスも原子論者と規を同じくしてゐる。「始原形相」、破壞する事の出來ない原子は、例外的に部分に分割されない物體と思はれた。『ティマイオス』は、土の僞原子を好んだが、細分し得る微粒子を採用した。「觸知出來ぬ場所」、不變の空虚は信じられなかつた。『ティマイオス』は原子論者の例外的に分割出來ぬ粒子も信じられない空虚も共に拒否した。

『ティマイオス』は、單一根元要素の採擇の外に更に緣遠いものではあるが、原子論と他の接觸をもつた。數が事物の最も深奥な實在であるといふピュタゴラス派の信仰は、初期のギリシャ思想に侵透してゐた。數は三角形の三といつたやうに屢々幾何學的に考へられた。レイモンドは現にピュタゴラス派の數を化學的原子に比較してゐる。粒子の三角形、更に附け加ふれば、大きな三角形面や立方體の表面を構成する小さい三角形を强調する『ティマイオス』の「幾何學的原子論」はこのピュタゴラス派の影響を示してゐる。さてデモクリトスやレウキッポスの原子はアリストテレスにとつて殆ど數に過ぎないものであつたやうだ。彼は原子は單なる幾何學的形象にすぎぬと思つた。『ティマイオス』の幾何學化された數はアブデラの原子論に於てそれほど支配的ではないが、ピュタゴラス派の數への偏執の名殘はギリシャ原子論に尙見出されるだらう。

原子論の單一始原物質も、一應のピュタゴラス的傾向もギリシャ哲學者に原子說を採用させるだけの力はなかつた。原子論は、一つの根元物質から諸原子を作り出して强い一元論的意識を滿足させたにしても、その不合理にも部分に分割出來ぬ粒子と、信じられない空虚によつて逆つた。デモクリトスの名聲も原子論を安泰ならしめることは出來なかつた。デモクリトスの失敗したところをエピクロスが成功することは出來なかつた。小さい割ることの出來ない原子は常に纍璧されて來て、遂にこの時代に一見永久的に消え去つた。原子論は西紀前第五世紀のアブデラに於ける建設以來、西紀第二世紀の終ガレノスに追放されるまで、ギリシャでもローマでも決して廣く一般化しなかつた。この原子論の失販は古代史に於て一つの著しい對照を含んでゐる。即ち原子論と常に密接に結びつけられてゐるデモクリトスの高い名聲は彼の原子の不評判と鋭く對照される。

傳說にあるごとく、デモクリトスが「智慧」と綽名されてゐたかどうかは別として、彼は古代に於て非常に尊敬されてゐた。彼の後に出た錬金術者は彼の名を冠する方法を持つてゐた。實用處方書集の最も古いものとして知られてゐる『自然と神秘 Physica et mystica』はこのアブデラの名高い哲學者のものとされてゐる。同樣に彼は自身書きもしなかつた多くの書物の著者にされてゐる。多分この原子論者の他にすくなくとも一人はデモクリトスといふ人がゐて、彼と混同されたために餘計に何でもデモクリトスの著とされてしまつたのだらう。デモクリトスの名聲はこの樣に彼の權威をかさにきようとする試みがなされたことで明かに知ることが出來る。面白いことにキリスト以後に於ける錬金術には原子論はなかつたのである。錬金術はデモクリトスの高い名聲に對しては墓碑銘的讃辭を呈してゐるが、彼の原子論に對してではない。デモクリトスの偉大さと彼の原子論への不幸な墮落との間のこの區別は常になされて來た。それはプラトンの沈默の裡に明かである。尠くとも彼の批判の中に一度もデモクリトスの名を擧げなかつたことは、彼が當時の世評に從つてゐたものとされよう。アリストテレスはこの區別を更に判つきりとなしてゐる。彼はデモクリトスの洞察、自然への接觸、整然たる方法を賞讚しながらも原子を排斥した。アリストテレスの直ぐ後にエピクロスは世評の逆を行つてデモクリトスを輕蔑しながら彼の原子論を採用した。西紀前第一世紀の前半にローマで著作したキケロはデモクリトスを非難したといつてエピクロスを攻撃してゐる。エピクロスは大多數の人達とは變つてゐた。彼は原子を讃めながらもデモクリトスをくさしたが、哲學者達は普通かの原子論者を讃めて原子論を黜けた。キケロ自身、デモクリトスの學問、幾何學に對する深い智識、著作者としての優秀さを讃めてゐる。彼は「原子の渦動」には滿足しなかつた。大抵の哲學者はデモクリトスを尊敬したものの、皆これには滿足しなかつた。

原子論の衰亡、そして西紀第二世紀の終ガレノス以後原子論が遂に追放されてしまつたことは、それを受け入れ難い當時の知的雰圍氣を示してゐる。疑ひもなく多くの環境はそろつて原子論に不利であつた。不合理にも部分に分割されないといふ粒子、信じられない空虚は明かに人々の氣持に逆つた。尠くとも他の二つの障害が更に原子論をして古代に容れられないものにした。

原子はかくも豐富に諸性質によつて覆はれてゐる世界の眞の構成者たるには餘りにも裸でありすぎたし、空虚は更に一層裸であつた。單に形があるだけの原子は、よし形は色々あつたにしても、色彩や香や、音を生じる能力はないとアリストテレスは考へた。デモクリトス流の原子は非常に單純だつた。それは形、大きさ、固さ、そして恐らく運動をもつてゐたに過ぎない。エピクロスがそれに重さを附與したもののそれでも矢張り單純で、キケロやプルタルコスが原子は性質を有しないと云ふことが出來たのである。かくの如き單純な原子がよく色彩と香と音の世界を生成し得るのだとのエピクロスの保證も、西紀前第一世紀に於けるキケロの對話への參加者には馬鹿氣たことだつた。生命のない原子から生物が生成することも又不合理な話だつた。プルタルコスは「エピクロスの友で御氣に入」だつたコロテスを酷評する際この裸の原子の問題について論議を進めてゐる。即ち若し原子が溫度をもたぬのなら熱はあり得ないし、原子が色もなく甘味もないものとすれば色彩も美味もあり得ない。又性質をもたない原子の接觸結合からどうしてこの樣な種々の性質が創造され得よう？　此のやうな單純な何もない原子から意識も靈魂も理性も思慮分別も出て來よう筈がないし、尙更かゝるものが空虚から飛び出して來るわけがないと論じてゐる。アリストテレス、キケロ、プルタルコスは常に原子論を脅かす一貫した不信を表明したのである。

西紀前第四世紀に於ける原子論攻撃を指導したアリストテレス自身は性質を有しない原子への酷評に對する一つの可能な答辯を示唆してゐる。即ち彼は面は多くの面から出來てゐるのでもなければ、ピラミッドは多くのピラミッドから出來てゐるのでもないと云つてゐる。全體はその部分が個別には所有しない性質を持つことが出來る。即ち原子の集團はそれを構成する單位のどれよりも豐富な性質を持ち得るのである。エピクロスが原子論を統一してしまつた後、西紀前第一世紀にはルクレティウスがこの原理を主張した。笑ふ人は笑ひによつて構成されるのではないと彼は云ふ。火と木は原子の異つた並べ方によるのであることは、丁度それ等を示す言葉が文字の書き方の相異によるのに同じである。生物は「感覺なき元素」から生れた、何故なら腐つた木片から蛆虫がわいて來るのだからと云つてゐる。デモクリトスは性質の豐富な出現を事物の原子と靈魂の原子の相互作用に求めた。デモクリトスは又ただ原子と空虚のみが眞に存在するのであるから、甘味美味、冷熱、色どりといつたものは便宜的なものであり非實在的なものである事を認めてゐる。アリストテレスはこの許容に注目し强調した。即ち色彩はデモクリトスの原理にあつては實在ではない。何故なら物體は「形象」の「回轉」によつて——原子のNからZへといつた位置の變化によつて色づけられるのである。アリストテレスが西紀前三二二年に死んだ後アリストテレス學派の指導者となつてテオフラトスは、デモクリトス原子論の明白なありふれた自己撞著を貶した。例へば、デモクリトスは香味を主觀的効果、精神への感應と同一であるとし、「形象」によつてその種類分けをした。第十七世紀に原子がその追放から歸つて來た時、この裸の原子の問題は微粒子、或は微粒子の集團を物質界に、色、味、音、香を精神に歸することによつて解答された。初期の原子論者達もかゝる解釋を豫期してはゐたが、デモクリトスの說明は一六九〇年のロックの說明ほど詳細完全なものではなかつたので、古代人に裸の原子も豐富な性質をもつ世界と兩立し得るものだといふことを納得させることが出來なかつたのである。

原子論はその信じ得ない空虛、不合理にも部分に分割出來ない原子、仕末に終へぬ裸の原子でもつて人心に逆つた。そして又宇宙を原子的構成をもつた一大機械、いはば時計にしてしまつて更に反感を買つた。テディングトンの終身副牧師神學博士スティーブン・ヘイルス（一六七七年——一七六一年）にとつて原子の偶然な合流は自然の發展過程の尤もらしい原因とは思はれなかつた。「エピクロス流の原子の偶然な合流」は物質を世界のこの秩序だつた構造に組上げることは出來ないと一六六七年ボイルは考へた。第十六世紀にはモンテーニュはかくも生産力の強い原子がどうして靴一つ造らないのだらうと疑つた。渦動する原子が偶然に宇宙を造り出したのであれば撒き散らされた無數のギリシヤ文字が落ちて來て『イリヤード』を作ることも出來た筈である。ヘイルス、ボイル、モンテーニュは西紀前第一世紀にキケロが、そして西紀第一世紀にセネカやプルタルコスがなしたエピクロス主義に對する非難を繰り返した。キケロの對話『神々の本性に就いて De Natura Deorum』に參加してゐるストア派のルキリウス・バルブスにとつては單なる「原子の偶然な合流」はこの高貴な世界にとつては貧弱な原因と思はれた。即ち原子が偶然に集つて宇宙となるのなら、何故落合つて玄關や住居にならないのか?と 彼は質問してゐる。世界に較べたら都市は左程込入つたものではないのに、どうして又原子は前者を造つて後者を造らないのだらう?と。亂雜な世界が單なる原子の運動で秩序づけられるものではないとプルタルコスは主張した。更にセネカはただ錯誤に盲ひた肉眼のみが事物の構成物として偶然に混同する原子などを見つけ出すのだと書いてゐる。

原子的に構想された世界は餘りに偶然過ぎて歡迎されなかつた。それは又神や理性に對して餘りにも冒瀆であつた。萬物を、神々さへをも、全くの必然のみに驅り立てられる時計式原子機械に包含せしめる、デモクリトス流原子論の冷酷な機械的峻嚴さは、その偶然性同樣歡迎されなかつた。プルタルコスが云つた通り、世界を説明するのに原子と空虛に頼つた哲學者達は理性無き因子に頼つたのだ。エピクロスは單調な機械的法則性を和らげはしたが、原子からくりを世間に推奬する事は出來なかつた。任意に逸脱する原子の勝手な原因のない偏倚は絶對的な機械的必然性と同樣受入れられ難いものであつた。かくエピクロス學派の人心に逆つた點はキケロやプルタルコスの書いたものに察知される。原子論はその偶然な合流、單純な機械的因果關係、神と理性への冒瀆によつて人心に逆つたのである。

原子論は第十七世紀にその追放から呼びもどされた時、信じられない空虛と不合理にも部分に分割されない不可視粒子の厄介な問題を解決し、裸の原子が如何にして內容豐富な世界を構成するかを說明し、原子の最初からの偶然な合流を神の導きによつて代置して時計式機械論からくる神の冒瀆を取除かねばならなかつた。この時代迄といふものは原子論は餘りにも世に逆つたため追放から釋放されなかつたのである。

西紀前第一世紀キケロが原子を排斥してゐた時にも原子論は主張されてゐた。アスクレピアデスはローマに住んだギリシヤ人醫者でであつた。プリニウスに依れば、修辭學の教師に成り損ねて醫者に轉向して成功した男である。彼はドシドシ酒を處方して氣儘を許して患者の機嫌をとつたといふので非難されてゐるが、ただお世辭がうまくて社會的に成功したから有名なだけではない。彼の業績には健康と疾病に原子論を應用したことが算へられてゐる。彼はその以前から始まり後にガレノスによつてすつかり抹殺されてしまつた、醫學にその地位を確立せんとする原子論の努力を代表してゐた。アスクレピアデスが醫學に於ける原子論的說明を主張してゐる時、ルクレティウスはエピクロスの原子論を詩に歌つてゐた。アスクレピアデスの醫學に於ける執拗な主張もルクレティウスの詩の光彩も、原子論を最後の追放から救ふことは出來なかつた。キリストの時代だと思はれるが、ローマの建築家ヴィトルヴィウスは、今後多くの人はルクレティウスの詩を讀んで自然に直面するかの如く思ふだらうと考へたが、「事物の本性に就て De Rerum Natura」は或る意味で原子論の白鳥の歌であつた。ソクラテスはプラトンの『ファイドン』に於て白鳥は死ぬ前に最も高く鳴くことをシンミアスに想起させてゐる。原子論はルクレティウスに歌はれて後直ちに死にはしなかつたが、約二世紀半後にペルガモンのガレノスが、そしてローマが原子論を追ひ出した時に、文存通りに死にはしなかつたが、長期の追放へと去つたのであり、デモクリトスの名聲も遂にその虎の子を見捨ててしまつたのである。

ガレノスは西紀二百年に死んだとされてゐるが、この年代は簡單で都合が良く、原子論の追放された年を示してゐるのである。醫者としての名聲は古代に於て ただヒッポクラテスに次ぐだけのガレノスは時計式原子的機械論を好むには 餘りにも人體の生理に通じてゐたのである。樹木となつて育つ種子、卵から飛び出す雛、繪を描く畫家は彼にとつて原子の機械ではなく、むしろ自然の方法といつたものであつた。彼は原子論に對する多くの非難を聚めてゐるが彼の批判の多くは要するに原子はいはば煉瓦の様なもので、種子の眞の構成物にはなり得ないとの説明に要約される。古代人の精神にかく映じたのである。原子論は餘りにも屢々人心にひどく逆ひすぎたため、ガレノスの烈しい攻撃に耐へきれず、第二世紀の過ぎ去ると共に長い追放へと去り、第十七世紀の復活をまたねばならなかつた。

(原子論史　第二章)

附　記——前回は譯者怠惰の爲誤植多く意に滿たぬものになつたことをお詫びします。

通俗科學史流行に根本的な不満を感じる譯者が、自らここに通俗科學史の飜譯を試みる所以は原子論と云ふ限られた視野に於ける歴史の未だに見る可きものが無いと云ふこと、ただそれだけであります。

五月號所載「原子論の誕生」正誤表

頁	段	行	誤	正
59	上	12	約西紀前四二〇…	西紀前約四二〇…
60	〃	6	ヘロドイス	ヘロドトス
〃	〃	10	絶えず…	絶えざる…
61	下	13	西紀四二〇年、後…	西紀前四二〇年後…
〃	〃	14	ナウシレァネス	ナウシファネス
〃	〃	15	原子論にした。	原子論に基けた。
〃	下	21	擴く	廣く
62	上	4	…Rerum Hatura」…	…Rerum Natura」は…
〃	〃	10 12	…Ratura	Natura
〃	下	12	原子に	原子は
〃	〃	18	ナウシファネエ	ナウシファネス
63	上	12	西紀前第一西紀の原子…	西紀前第一世紀に原子…
64	下	16	流れの中を	流となつて
65	上	4	眞の皮でない。僞像	眞の皮でない僞像
〃	〃	11	蛛蜘の巢家	蜘蛛の巢

砂

吉田一穂

熱情といふものは砂すら燃すものだ。元來、それは灰燼なのだから、炎々たる焔も風に吹きまくられた蒙塵のたぐひかも知れない。論理は思考のフユギアである。すぐ自分自身でトトロジカルな呪縛にかゝる。ドグマはだから強いといへばいひ得る。強いといふことも疑はれていゝ。女は怖い、といふものに似たものである。人間に對してもつ熱意を一圖に集中して人は仕事をする。夢中にでもならなければ、何々のためにしてゐるといふ價値觀に憑かれた仕事は出來ない。時々われわれは思考のどんづまりで、われ自らを破るために自然の中へ一自然生として放心に投げ出す。感性の根蔕は自然だからである。新しい命を掬むために自然の泉は爽かではあるが、これほど無情で冷酷なるはない。自然は無機である。人間は自然の不可逆像であることによつて、またわれわれは人間に熱意をもたせられる。このやうな兩極を絶えず動搖してゐる精神を、時刻の潮のやうに浸蝕してくるもの——私の思想の背後に、永い年月、この「砂」を感じてゐる。虛無といふことの正しい定義があるかどうか、わたしは知らない。たゞ虛無といふものは嫌ひだ、といふことに始まつた私の素朴な思辨癖は、哲學の門に入るや否や當惑してしまふ。煩瑣哲學といふ言葉があるが、由來、哲學といふものは細かい分析くどくどしい論理、知行術數の手練を要する面白さにあらう。面白さなどといふと叱られさうだが、結局、こんな石女に特殊な興味でも感じなかつたら、女性にだつて哲學者があつた筈だ。だからものをもので解釋したり、證明してゐる限り科學がのさばりかへる。砂の上に坐ると人は無意識のうちにも、何かしら圖形を描いてゐる。すべて人の認識はものや形で對象をつくりあげるのである。認識は形成であると同時に表現の分離である。されば「形」とは何んであるか？　自然を抽象し、還元するや否や獨立な次元の表象となつたものである。人間界とはすべてこの分離した次元で、言葉をしやべり、認識し、目的し、行動してゐるのである。自然からは硝子箱の作りものであらう。誤つてゐるといふのではない。自然の正しい解釋などといふ科學者の頭に何かピンでも刺さつてゐるやうな氣がするので、かく言ふまでにすぎない。そのピンといふのは科學者のアロゴンであるところの「何故に」といふ言葉に書き換へたら、一層明かとならう、形と動きに還元した抽象の認識「世界」にものをいふ人間が、まるで護符であるかのやうに、どんな印刷物にも必ず「具體的」なものの要請を執拗にくりかへしてゐる。元始狂信者のやうなこの女性的唯物論者にむしろ必要なものこそ頭腦の抽象活動ではあるまいか。人間は何べんも世界を自然混淆へ突き返して新しい思考のもとに世界を發想していゝ。さなきだに形は形式化しつつある。繪を見、建物を仰ぎ、幾何圖形や機械を、衣服をみて、ふと可笑さを感じる時がある。今日ある必然の形式といへばそれまでであるが、この必然ほど、はぐらかしの不感症的言葉はない。砂には何んの形も動きもない。だが起伏重疊、且つ日々刻々、動いてゐる。風浪との因果關係から必然の一定の形が抽象される。神が描いたと嘘いふ砂模樣を、いきなりひらてでさつと拂つて、指は勝手な字や繪を描く。この指頭の無意識な動作にまで、神の攝理や必然論をひきずり廻してはやりきれたものではない。存在の證明やその合理主義には、いゝ加減、腹が立つてくる。腹が立つといふことの根柢には、狹少な獨斷もあるが、感性的に合はないものがあるのである。われわれが固定化し形式論理的なものを破つてゆくものが、自身の力のうちにありとすれば、この感性をこそ、常にその鮮明なものとしなければならない。世には感じない人間がおびたゞしい程ゐる。自分は感じるから、人も感じるだらうなどと思ひあがつたら、ひどいめに遇ふ。彼等は別段ひどいめに會せたとすら思つてもみないから、馬鹿々々しい限りである。自分で感じない世界は存在しない世界なのである。存在となれば論理であれ、歴史であれ、何等かの形として合理性を要求するのである。人間の癖だ。この癖がなければ認識の對象とならないのである。作家の悲しみはまづ感じるからであり、その喜びは感じたものを一つの表象として新しい形に作るところにある。砂といふ虚無に字や形象を書く、本能にまで強い「形」による認識は、逆に云つて人間意志の自然混沌に對する闘争だといひ得る。心理的には永遠へ觸れんとする解釋も與へられやう。しかし砂漠や中部平原の民族の盛衰には眞に歴史と稱ぶべき意味はないのである。その根定としての自然史であつても人間史ではない。悲劇を潜らぬ民族に歴史などといふものは存在しない。歴史は人間の創造であることに於いて大なる一つの性格である。その民族の歴史は一回性であつて、くりかへしたが如く見える運命は、他民族に移行して、自らは滅びるのである。ものは自然にして覆へる。均衡は宇宙の根本法則だからである。歴史が回歸するのではなく、その根柢としての自然が所謂「萬法流轉」するのである。自然を抽象した一定普遍の必然法則によつて、歴史を斷ぜんとする擬似科學は、因果律の亂用にすぎない。史家が民族の過去に彷徨する限り、事物の實證をもつて、如何なる法則化を試みるとしても、その運命を解く未來に投ずる鍵とはならない。歴史は新しい現實面の創造でなければならない。從つてそれは過去の堆積物、巨大な價値體系を覆へし、轉換の創造史としての悲劇でなければならない。單に生き殘つたにすぎない民族は、過去に於て光榮あれ、もはや歴史的な民族ではない。歴史は歴史を批判する。歴史とはかくの如く殘酷なものである。どの殘忍な試みを潜るものこそ歴史の創造者である。單に民族は血に繋がることによつて、その運命を負ふものではない。その運命に自覺を與へる傳統の精神史によつて貫ぬかれなくては、己れの神話を實現することが出來ない。未來を創造することは、一にその民族の神話力にかかつてゐる。つねに生活の新しいヴィジョンをもたない民族は滅びる。そして民族には運命がある。その苛酷な歴史性と民族意志との闘爭こそ、悲劇とよばれる眞の歴史である。血が血に呼へることは一つの要素ではあるが、利害相反すれば流離分裂すらする消極性に、民族の血壕を過大視してはならない。精神に連なるものに缺くるものあれば一氣に沒落するであらう。激情は砂をも炎と化す。しかし情熱のうちに、ものの核心も眞意もあるのではない。砂は元來、冷やかなもの、無機の微塵像にすぎない。つひには石佛も風化して一微粒の砂と消しとぶにしろ、永遠の一齣に、形を成して、半眼、冷やかに認識し、しかも口邊に微笑を湛えて、すべてを宥す。か丶る二つの矛盾をもつて慈顔をつくる「相」こそ、熱情と知慧の、換言すれば愛と認識の秘密を語るものではないか。それは藝術の古典的な方法としてのデアレクテイケであり、民族の新しい神話を實現する歴史の、且つ苛酷な精神ではないか。思ふに、われわれには何等、たよるべき確實なものが、一つとしてあり得ないのである。あるものは砂のやうな虚無・自然の混沌があるだけである。われわれはこの白紙の上に一滴づ丶獸の血をもつて、われらの內なるヴィジョンを神化しなければならぬのではないか。何故われわれは進んで悲劇としての歴史をつくらねばならないか、との反問をうけさうだ。その時、わたしは何故、人間は形で物を考へ、形で認識しなければならないか、と眞心をもつてき丶たい。おそらくこれは「人間」の背負つた運命だらうと苦笑する外、わたしには手がない。

前進

——戯曲——

中野秀人

人物

母親（繁子）

賢治——長男

房子——長女

澄子——次女

博《ひろし》——賢治の盟友

醫者——賢治の友人

第一景

場末のあるコーヒー店の內部。夜更けの街から灯が、ガラス窓に通行人の人影を寫す。賢治と博とが、小さいテーブルをはさんで向ひ合つて腰掛けてゐる。彼等の主催になる講演會の歸途。賢治は蒼白な顔にや〻疲勞の跡を示してゐる。

博　（コーヒーを飮みかけて下に置く）いくらか疲れましたか？

賢治　僕は、聽衆に何か發言させやうと思つて饒舌つてゐるのだけれど、その氣持はなかなか判らないね？

博　今日のは、特にいくらか、調子が高過ぎたのではないでせうか？

賢治　さうかも知れん。實際は、その反對なんだけれど……

博　實際はね。

賢治　（急に活氣を帶びて）僕は、誰か、僕でない人間の口を借りて言ひたいのだ。

博　今日のやうなことをですか？

賢治　いや、僕の言つてゐるのは、もつと一般的な意味でさ。

博　と、いふと、何をです？

賢治　何をつて、それがよく判つてゐないのだ。だから當惑してゐるのだよ。

博　それなら默つてゐるといふ方法もあるでせう。

賢治　君、それが政治だとは思はないかね？

博　默つてゐることがですか？

賢治　いや、默つてゐないことがさ。

博　さつぱり判りませんねえ。

賢治　うん、もいつぺん話を前に戻さう。明白に言へば、僕が僕の恥を曝すことになるかも知れんがね。僕といふ人間は、言ふべきことを、主張すべきことを持つてゐないのだ。その癖、人々の言ふことにも、主張することにも全部反對なのだ。

博　なるほど、さういふことになれば、完全なニヒリストじやないんですか。

賢治　ニヒリストは否定する。だが僕は、肯定するよ。君、かういふやうには考へられないかね。誰でも、人は、自分の意見なり、自分の立場なりを通さうとしてゐる。そして、その意味で、反對したり贊成したりする對象を持つてゐる。もつと平凡に言へば、人は、感動もするが、不平を持つてゐる。

博　あなたは、感動もしないが、不平も持つてゐないと言ひ度いんですか？

賢治　それでは、また話が、逆になつてしまうよ。僕の言はうとしてゐるのは、鬪爭なき世界についてなんだ。みんなの意見が一致する世界についてなんだ。つまり、新しき國家についてなんだ。

博　いくらか論旨が明瞭になつてくるやうですね。だが、それがなぜ、あなたの口でなしに、他の人の口を借りなければならない理由になるのですか？

賢治　他の人もさう思ふかどうかが知り度いからさ。

博　まつたく自信のない話ですね。

賢治　さうだ。まつたく自信のない話だ。だが、すべての權威は、すべての政治的行動の樞軸となるものは、さうした自信の缺乏の上に築かれてゐるのではないかね？

博　どちらの側から言つてゐられるのですか？

賢治　どちらもの側からと言つて宜いでせう。それは皮肉でもなんでもないんだ。僕は、そこのところに時代の轉換を考へてゐる。そこのところに、時代のプリズムが置かれてゐる。僕は、人は、人としては決して自信のあるものではないと思つてゐる。

博　またあなたは、實行不可能なことを考へてゐられるのではないですか？　まるで、さう言つてよければ、藝術家のやうな懷疑心をもつて……ね。

賢治　藝術家だつて、仕へる主がなくては困るだらう。

博　大衆！

賢治　それ見給へ。彼等に、藝術家に懷疑心なぞがあるものかね。懷疑心なぞがあつたら追付いてはゆけないよ。僕は、實行の可能なことばかりを考へてゐるのだ。

博　誰か、あなたでない人の口を借りることがですか？

賢治　さう追求されると困るがね、僕に實行出來る出來ないを問はないまでも、われわれに當惑を齎すやうなものは、すべて實行の面に關してではないかね。思想家なら、勝手に羽を伸ばして、何處にでも飛んでいつたら宜いだらう。だが、政治に於ては、自由といふものは禁物なんだ。それは、自由主義のもつとも旺な時代に於てさへ、自由といふものを法律によつて規定する、もつとも煩瑣な、それ自ら歩行不可能に落入る桎梏によつて、その代償として、はじめて自由と名のつくものが與へられるのだ。だから、僕達は實行の面に於て當惑し、益々當惑するだらう。そこに、時代の政治的意義があるのではないだらうか？　われわれにとつて、政治が、あらゆるものに優先してゐるが故に、われわれは、われわれを非人間的にしやうとして努力してゐるのだ。

博　政治が、あらゆるものに優先してゐるかどうかは別として、それは、そんなに非人間的なことを奬勵するものなんですか？

賢治　すべての思想的、文學的、文化的、鬪爭は、政治との鬪爭ではなかつたらうか？そして、政治は、それが無味乾燥だといふので、すべての女子供から排斥され嫌はれ續けてきた。つまり、人は、政治と呼ばれるものを賴つてきたよりは、情操と呼ばれるものを賴つてきた。

博　あなたの言つてゐられるのは、封建的政治のことではないですか？

賢治　封建的にも通ずるが、現在及び未來にも通ずる。われわれが、もしも、英雄を、超自然を、神秘を崇拜するならば、或は、巨人とか、指導者とかを求めるならば、それは、政治に於ける、實行の面に於ける自己否定を意味するのだ。つまり、われわれが完全に自信を失ふならば、われわれは、われわれのための代辯者が欲しくなるのだ。つまり、政治は、絕對の推進力をもつて進んでゆく車のやうなものなのだ。さうした政治への抗爭は、自分自身の無智の表白に過ぎない。だが、問題はもつとこみいつてゐる。そもそも、自信の喪失の上で誰が代辯するのだ！

博　全くね。

賢治　イカサマ師が表はれるか、狐が化かすか知れたものではない。

博　全くね。さうした諷刺も成立つわけですね。

賢治　だが、笛吹けども踊らずといふ諺があるからね。自信の喪失は、どちらもの側からと言ひたいのだ。むしろ、それを戀愛にたとへた方が宜いかも知れないね。過大評價と過小評價とのバランスは、いつまでたつてもとれつこなしだ、そして、そもそも、生と死とは何ぞや！

博　さう聞くと、大分ロマンチックに響いてくるけれども、どうも、そこのところに、わざとこんがらかしたやうなところはないんですか？

賢治　いや、僕がこんがらかしてゐるのではなく、世の女は既にこんがらがつてゐる。そして、僕はその被害者なんだ。だから、僕は、僕の考へてゐることについて、同憂の士が相當澤山ゐても宜いと思つてゐるのだが、それは間違つてゐるだらうか？

博　その自信のないといふ奴ですね？

賢治　そればかりじやない。

博　ぢやあ、「沈默は金」といふ奴ですね？

賢治　もつともつと、その先の方がある。君だつてさうだらう、僕が何か主張しはじめれば、すぐに反對するだらう。また反對しないまでも、內心きはめて、批評的に、冷やかに、情操にうつたへるものとは全く別なものを聞くだらう。そのくせ君は僕の口を借りて言はせてみたいものがあるに相違ない。

博　わたしの言ひ度いことをですか？

賢治　それは何だね？

博　わたしには判りませんねえ。

賢治　それは、尙さら僕には判らない。だが、われわれは共通の聲を求めてゐる。

博　人は、それを輿論と呼ぶ、では、いけないんですか？

賢治　それでは、君、所謂政黨政治を謳歌するやうなものじやないかね。輿論に、政治的意味あひがあるなぞと思ふのが、そもそもの間違ひなんだ。水がないときに、水と叫ぶのは輿論だらう。政治といふものは、もつと優先してゐなくてはならない。輿論なんて、唯物史觀とともに生き延びただけのものだらう。

博　はあ、判りました！

賢治　何が？

博　つまり、われわれは、論理的に、われわれ自身を計量したいのでせう？

賢治　僕も、さうした數學の一つの形式を信じてゐたことがあるよ。だが、それでは、いつまでたつても學問なんだ。しかも前提もなければ、結論もない學問なんだ。それでは象牙の塔に登るばかりで、つひには自分を中心として宇宙が廻轉するやうになるよ。いや、もつと、困つたことになるかも知れん！

博　個人及び國家の生活難ですか？

賢治　お互樣にね、いや、もつとひどいことになる。それは、いくらひどいことになつてもかまひはしないが、それ自體が全然無意味だね。僕が、誰か、僕でない人間の口を借りて言ひたいと言つたのは、もつと直接的で、もつと政治的なんだ。

博　そんなことが出來ますか？

賢治　たとへば命令を發しても宜い。

博　權力をもつてですか？

賢治　さうね、誰かが權力をもつて。

博　それを、あなたが希望されるんですか？　そして一體何を言はせるんです？

賢治　これで、漸く、最初の出發點に戻つてきたわけだよ。その「何か？」に、今後の世界の運命がかかつてゐるのではないだらうか？　僕は豫言者ではないがね、權力はいくらでもある、だが、その「何か？」を提案するものは、スフィンクスと同じやうに數あるものではないよ。

博　夜、砂漠、ミステリー、文學の世界ですね。

賢治　作者は？

博　あなたであつても宜いでせう。

賢治　僕は登場人物だよ、僕達はみんな登場人物なんだ。僕達は、すくなくとも僕が、政治はあらゆるものに優先してゐるといふ理由はそこにあるんだ。作者は後から現れる。さうじやない、われわれが作者を作るんだ。いや、まだ作れるかどうかが判つちやゐない。

博　といふと、すべてがまつたく不明瞭なんですね。

賢治　うん、不明瞭な時代ほど震動する。すべての舊秩序はふつ飛んでしまう。それは、輿論や、人の意見とは關係のないことなんだ。僕の、すくなくとも僕のものの見方の角度だけは實證されるよ。

博　ペシミズム！

賢治　すべての幻影を追ふものに對してはね。

博　なんだか、わたくしのことを言つてゐられるやうですね。だが、わたくしは反對する積りはありませんよ。わたくしのオプティミズムは、ペシミズムと同格ですからね。それが實證される段になると、いつもあなたの考へ方の正確さを思ひ出したやうに、これからもまた思ひ出すでせう。……弟子は師に及ばず、です。そして、われわれは、いま、どの位のところまで登場してゐるんですか？

賢治　孤獨！

博　まだ、その邊なんですか？

賢治　虛無！

博　まだ、その邊なんですか？

賢治　全體！

博　まだ、その邊なんですか？

賢治　中心！

博　少し圓を描き過ぎてゐるのではないでせうか？

賢治　僕もさう思ふ。だが、誤りは訂正されなければならないだらう。

博　と、いふと？

賢治　僕達は逃亡しやう。

博　何處へ逃亡するのですか？

賢治　君が言つた大衆のなかへ。

博　これ以上にですか。

賢治　冒險！

博　まさか、喉けてゐるのではないでせうね？

賢治　だから僕は、君に、あらかじめ、これは僕の恥を曝すことになるかも知れんと言つたのだ。冒險をしなければならないのは、君ではなくして、僕なんだ。僕は、女を知らないんだ！

博　そして、わたくしは知り過ぎてゐる！　といつて、それは實際さうなんでせうか？

賢治　僕の言つてゐるのは、髮の毛の長い、踵のある女のことじやないんだ。さういふ意味でなら、僕の冒險は、僕に何ものをも齎しはしなかつた。僕は、僕が自由であり過ぎることを怖れてゐるのだ。

博　女と自由、そこにどういふ關係があるのですか？

賢治　僕は結婚しやうと思ふのだ。

博　あゝ、さうですか？　例の件ですか？

賢治　まだ、まだ。君はまた先廻りをしてしまつたよ。僕は結婚しやうと思ふが相手がないんだ。

博　も少し打開けたところを聞かせて貰へませんかねえ。

賢治　人には、打開けられることと、打開けられないことがあるものだがね。僕が、女を知らないといふ意味は、僕が、僕の母親をよく知らないといふことなんだ。僕は、僕の第二の故鄉である滿洲に歸つてみたいんだ。そこで人々が何を望んでゐるか、祖國の姿がどういふ工合に映ずるか、それが知り度いんだ。

博　まさか、他の人と同じやうにではないんでせうね？

賢治　それは條件が異ふからね。

博　いままで、やつてゐられた政治運動を全部打切つてですか？

賢治　君は、すべてが、もう終りを告げてゐるとは思はないかね？

博　今日のあなたは、さういふ積りだつたんですね？

賢治　うん、學生を驅り集めての運動は……

博　さうですね。休息が必要かも知れません。

賢治　そこで、僕は君に頼みたいことがあるんだ。君が、その氣にさへなれば、僕の妹の房子と……

博　それがまだ、はつきりしないんです。

賢治　それなら、尙更、君に頼みたいことがあるんだ。他の人のなかで「何を？」か「何か？」をかを、探し出さうじやないか。永遠を感じない「休息」なんか、休息にならないよ。僕は、今日、講演をしてゐる間にそれを感じたんだ。人々は永遠から遠ざかつてゆく。それでは、すべて過去の政治運動の形式のなかに落ちてしまうよ。

博　………………

賢治　なぜ默つてゐるんだね？

博　………………

賢治　君は、パセティックに感ずるのかね。

博　いくらかは。

賢治　われわれに必要なものは解說ではない。鐵則なんだ！　新しい國家なんだ。

博　よろしい。出發しませう。

賢治　出發する前に、死骸を埋めるんだ。

博　さうしませう。

賢治　では……

博　（長い間）では……

二人一緒に、立上がる。店内の消燈。

第二景

支那沿岸のある大都市。母親繁子の住宅の客間。正面奥にカーテンが下つてゐる。そのカーテンの蔭に硝子戸があり、庭園に通ずる氣持。部屋の眞中に廣いテーブルがあり、それを圍んで椅子三四脚。隅に長椅子があり、その後に支那の彩色ある屛風が立つてゐる。左右に出入口のドワーが一つづつ。壁の一つに父親の寫眞が懸つてゐる。夜。菫色のセードがむらな光をあたりに投げてゐる。

母親　（長椅子の上で編物をしてゐる）ねえ、お前、澄子、宜い子だから、餘りつめてするとまた身體に障るよ。

澄子　（小さな机に倚つて）身體にさはるほど何にもしやしなくてよ。それに新しく博さんが來られたりなんかして、やつぱり何かと仕事があるでせう。それでこの一週間位ちつとも落つくことが出來なかつたので、少し取返しをしやうと思ふの。何だか氣がすまないんですもの。それだけよ。

母親　もう、懸賞の方はよしたのかい？

澄子　懸賞なんか當りつこなくつてよ。

母親　でも、一度當つたじやないか。

澄子　あんなもの（少し氣を惡くする）あたしはただ、書いてでもゐれば氣がまぎれるから。別にあてがあつて書くわけでも何でもなくつてよ。（ペンを無闇とインキ壺に突込む）

母親　でも（優しく）土地の新聞にも批評が出たし……

澄子　あたし、身體が一人前なら東京に出るんだけれど……

母親　あたし達を置いてきぼりにして？

澄子　さういふ意味じやないの。ただどのみち、あたしは餘り役に立たないんですもの。

母親　そんなことがあるものか。姉さんの房子はあんなだし、お前さんがどれだけ役に立つて呉れるか。それに病氣だつて、そのうちに治つてくるかも知れないじやないか。

澄子　そんなこと、ドクターもさう言つたわ。リューマチは不治の病だつて……

戸の外の聲　あたしよ、あけて！

澄子　姉さんだわ！

母親　何だつて裏庭なんかからはいつて來るんだらうね。

澄子　いまあけるわ。

房子　（開かれた庭の硝子戸から乘馬服のまゝはいつてくる）御免なさい、母さん、また晩くなつたでせう。

母親　どうして表からはいつて來ないの？

房子　でも鍵を博さんに貸してやつたんですもの。

母親　ベルがあるじやないか。

房子　ええ、でも裏木戸が開いてゐたものだから……
母親　御飯まだでせう？
房子　いいわ、構はなくつて、あたし臺所に行つて食べるから。（行きかゝる）
母親　（房子の肱のところに泥の附いてゐるの見留める）　房子、お前何處か怪我をしたんじやない？
房子　どうして？
母親　どうしてつて、肱のところに大變泥が附いてゐるよ。もしかして……
房子　あたし、ちつとも氣がつかなかつたわ。どうして附いたんでせう。いいわ、いま着物を着かへるから。（去る）
母親　（編物を投り出して立ちあがる）　まるで男の子よりも仕末が惡い。なんだか、今晩は冷えるやうね。ストーブを點けませうか。（瓦斯ストーブに火を點ける）男の子よりも仕末が惡い。ダンス熱がさめたかと思ふと今度は乗馬熱。もつとも乗馬の方は健康に宜いけれども、然し、あれ以上健康になる必要なんかありやしない。少しお前にあの人の健康を分けてやり度い位ひね。（澄子の側にきて椅子にかける）
澄子　そんなこと出來やしないわ。母さん。（書籍、原稿などを片づけ始める）
母親　もうよすの？
澄子　さうじやないけど。
母親　（間）　博さんといつしよに出かけたのかと思つたのに。
澄子　誰が？
母親　房子がさ。

澄子　だつて、博さんは晩御飯のときに居たじやなくつて。

外の廊下、階段のあたりで房子の憤りつぽい聲が聞える。房子の聲「いいから放して、あたし今日憤りつぽいんだから。」博の聲「つかまへてはゐないじやないか。」……「いゝわ！」階段を激しく踏む音。

澄子　ほら、博さんはうちにゐるんじやなくつて……

母親　（廊下に向つて）子供さん達、喧嘩をするんじやありません！（外から戸を叩く音）おはいりなさい。

博　（反對側の戸を開けてはいつてくる）いや、別に喧嘩をしたわけぢやないんですよ。濟ましてゐるんで、一寸からかつてやつたんですよ。はゝゝゝ、……

母親　一人で寂しくないんですか。いつでもこの部屋にゐらつしやつていいんですよ。今晩は寒くなつたやうですね。

博　さあ、さうでせうか。（ストーブの方に行き、瓦斯に背を向けて立つ。バットの箱をとり出し）いかがです。（母親にすゝめる）

母親　あたしは……今晩はよしますわ。

博　（煙草に火をつけて）あなた達が大陸の方に引越してこられてから、もう何年になりますかね？ええ……と（考へる）

母親　もう、十年以上になりますわ。（編物をとりあげ）東京から、こちらにいらつしやつたら何でせうね、やつぱり、その殺風景にお感じになるでせうね？

博　そんなことはありませんね。何でも新しくつて、舊臭いものが一つもなくつて氣持がいいですね。

母親　その代りに奥ゆかしいところがありませんわ。

博　奥ゆかしいところなんか澤山ですよ。行きつまつてしまへば何でも奥ゆかしくなりますよ。

澄子　行きつまつても奥ゆかしくならないことあるわ。ただ氣がくさくさするばかりよ。

博　眞の道は必ずしも眞ならずつてね。

澄子　それは何よ。論理の積りなんですの？

博　（笑ふ）兎に角法律の學生ですからね。

母親　あなたの專攻は、やつぱり、お父さんと同じやうに法律ですか？

博　まあ、さうなんです。それも親孝行のためなんですね。もう萬年大學生なんですがね。來年は出ますよ。僕が大陸を見に來ることを思ひ立つたのも、多少は法律的研究の意味があるんです。

母親　でも、それは、政治的にとお仰言るんでせう？　もつとも、あたしには、さうしたことはよく判らないのですけれど。

澄子　母さん、つまり、結論は同じことになるわよ。

博　結論？　結論は何だつてさう異ひつこはありませんよ。あなたのやつてゐられる文學だつて同じことでせう。さうさう、あなたはフランスの小說をお讀みですか？

澄子　あたし？　あたしは、フランス語は讀めないんですもの。

博　僕は、文學の方はさつぱり知らないんですが、あなたの兄さんのところから、ときどき仕入れて來ますよ。あの人は、政治家なぞにならないで、文學者になればよかつたんですよ。もつとも、さうなると、わたしは、わたしの先生を失くしてしまひますがね。

母親　あの人が、賢治が歸つてくるといふのは本當でせうねえ？

博　それは無論のことですよ。でなかつたら、わたくしがお先に知らせを持つて來てゐる筈がありませんよ。

母親　いゝ知らせならば、いゝんですがねえ。

博　それは、僕を信じて下されば……

澄子　兄さんのところには、やつぱり大勢人が集つてゐますの？

博　えゝ、集つてゐました。でも、これからは大勢は要らないんです。さつきの話に戻りますけれど、フランスで今流行つてゐる小說が「灰色の靴下」つていふんですよ。もつとも、あなた方に言はせれば、通俗小說と言ふんでせうね。

澄子　女のことを書いたものですか？

博　アメリカの小說に「ブロンド」とか「ブルーネット」とか言ふのがあつたでせう。まあ、あゝした流儀の題の付けかたでせうね。

澄子　あんな馬鹿らしい小說はないわ。

母親　でも、お前、さうしたものが人氣に投ずるんだらうから、仕方がないよ。

博　この「灰色の靴下」も馬鹿らしいものですよ。フランスだけに下に行つたんでせうね。ただ、書き方が新しいといふ氣はしますね。もつとも最近のフランスの小說は書き方だけつていふ話ですから。なんでもね、女がゐるんですよ。灰色の靴下を穿いてゐるんですよ。それにつまり若い男が引きつけられるんですね。その女を見てゐると、駝鳥のやうな氣がするんです。紫色の生毛が生へてゐて、鼻が嘴のやうに見えるんです。

母親　（笑ふ）まるでお伽噺のやうではありませんか？

博　つまりお伽噺ですね。結局何にもありはしないんですよ。ただそこに、ものの見方の上に單純化つていふやうなものがあるんでせうね。駝鳥は足で小石を摑む、女の踵は何を摑むだらうと、まあある馬鹿な男が思ふんですね。それで銀色にくすんだ靴下の描寫が十ページ位あるんです。それで駝鳥の後について歩くんです。

澄子 それでは單純化の逆じやありませんか。

博 單純化の逆ですよ。たださうしたことを辿じて單純化に歸り得ることを暗示するだけなんですよ。たとへば法律的に言つても、電車の中で痰を吐くものは科料に處すといつたやうな箇條と同じですね。

澄子 つまり、文明に對する皮肉なんでせう。

博 でも文明があるでせう。

澄子 でも、まつすぐに横道にはいらないで、人間の一番求めてゐるところの問題、人間の忘れてゐる部分で、肉眼で見えない病氣のやうなもの、一寸言葉に困るんですけれど、すぐに本氣になれるやうな精神を呼び起すことに、踏み込んで行く方法もあると思ひますわ。

博 えゝ、でも、すぐに本氣になれるやうな精神を呼び起すことに、人々は努力しなかつたでせうか？ 感情にうつたへる方法に於ても、また科學的に説明する方法に於ても、そして人々はまつたくさうした精神を呼び起すことに成功もし、呼び起させられもしたのではないでせうか？ つまり、精神に關する、或は文學に關する文學は、終りを告げたのです。と、いふやうな見方もあるでせう。われわれは、もつともつと墮落してゐるのです。われわれは救ひ難いのです。その結果として、救ひ難い事件が持ちあがるのです。

澄子 あなたはニヒリストじやないんですか？ でも、こんな話をしてゐれば、あたし揶揄はれるばかりですわ。

博 さあ、そんなことはありませんよ。僕は要するにコンモンセンスを愛する人間なんでせうね。だから法律の學生なんでせう。あなたの兄さんがよく言ひましたよ。君は、俗物だつて、藝術なんかのことに嘴を入れるなつて……

澄子　コンモンセンスのない藝術なんかやつぱり駄目なのかも知れませんわ。だから、あたしは無駄なことをしたり考へたりして……

母親　澄子は、なんでも引込み思案だからいけないんですよ。

澄子　でも、母さんはあたしのしてゐることには反對なくせに……

母親　そんなことがあるもんですか。ただ誰かに見て貰ふとか何とかして、研究した方が宜いと思つたので、それをさう言つたまでじやないの？

澄子　あたし、何にもしてやしなくつてよ。

母親　そら御覧なさい。だから……

博　まあ、當世流行のプロパガンダを、重點主義を大いに發揮するんですね。

房子　（普段着に着かへてはいつてくる）何をプロパガンダするの？

博　御機嫌は、もういいんですか。

房子　駄目よ。とてもむらつ氣なんだから。お腹が一杯になつたら、すつかり生き生きした氣持になつたわ。

博　馬から落ちられたんじやないんですか。

房子　馬鹿ねえ、それよりも何をプロパカンダするのさ？

母親　お前さんの乘馬振をさ。

房子　ねえ、母さん、あたし、美人競爭に出ちやいけない。

母親　その位うぬ惚れてゐりや澤山ですよ。
房子　本氣よ、一等賞にあたれば、千圓はいるわ。
母親　（博に）本當に、あんな恥さらしなことはありませんね。
博　さうばかりでもないでせう。こないだミス・タイ國つていふのの寫眞を見ましたが、なかなか利口さうですよ。
房子　あたしお金が欲しいんですもの。
母親　それじや、まともにお働きなさい！
房子　あたしには、まともに働くやうなことがないんですもの。
母親　おゝ、まともに働くことばかりだわ。どうして、いままでやつてゐたデパートの仕事はよしてしまつたの。
房子　あたしは男とする仕事はいやになつたんですもの。
博　そんなことを言つても、この世の中のことは、男半分と女半分とで出來てゐますからねえ。
房子　でも男半分に退屈が來たときには、女半分にくつつくより仕方がないわ。
博　兩方ともに退屈が來たときには。
房子　來るかも知れない。
母親　兎に角、美人競爭なんて、男半分でもなけりや、女半分でもない……
房子　（笑ふ）本氣に思つてゐて、母さん？　少しは本氣よ。澄ちやん、とてもいい小說の材料になるわ。あたしみたいな、自分をどうして宜いか判らない人間のことを書いてみないの？
澄子　姉さん、今日は、少し變だわ！　あたしなんかに何にも出來ないことを知つてゐるくせに。

房子　でも、澄ちやん、あたし達は何かをする積りじやないの？
澄子　えゝ、それは何かをする積りだわ。だけども、あたしには、その何かを探し出すために一生かゝるかも知れないわ。
房子　（間）ねえ、あたし、今日とても素的な經驗をしたわ。郊外はとてもいいわ。秋の氣持なんて、子供時代のことを思ひ出したわ。
澄子　えゝ、珍らしい位いいお天氣ね。あたしも、寒くならないうちに少し步きたいわ。
房子　實はね、あたし、みんなあんたに打開けるわ。あの、（小聲になる）こちらにゐらつしやい。（戶口の方に導かうとする）
澄子　あたしも、お姉さんに話して置きたいことあるんだけれど……
房子　ぢやあ、あたしの部屋に行つてもいいわ。
母親　あなた達、胡桃を喰べないの？（博に）お茶でも入れませうね？
澄子　（母親に）ええ、すぐ戾つてくるわ。
　房子と澄子左側戶口より去る。母親と博との會話がその低聲から恢復される。
母親　そんなでせう。だから賢治が戾つて來て、落ついて吳れることになると、あたしも安心することが出來るんです。
博　それはさうですね。僕も、そのことはつきり聞きませんでしたから、何とも……
母親　あの人もやつぱり父さんのやうじやないんでせうかね。それが心配なんですよ？
博　さうさう、お父さんもやつぱり、政治家だつたか、實業家だつたか、大變面白い方だつたさうですね。
母親　さあ、何といつたら宜いでせうかね？　兎に角始終何か考へてゐましてね。とうとうあたし達を置いてきぼりにしてしまつたんですよ。

博　でも、亡くなられたんじやないんですか。

母親　まあ、さう考へるより外に仕方がないんですが、多分揚子江か支那海で死んだんだらうと思ひますが、それも確なことは判りはしません。

博　…………………

母親　でも、あの人の殘していつた雰圍氣だけは、いつでも家中にこびりついて離れやしません。何か陰氣臭いやうな、それでゐて無鐵砲な……だけども、さうしたもののないことは考へることは出來ませんわ。さうしたものが無くなると、私達もなくなることでせうからね。

博　でも、陰氣臭いところはちつともないじやありませんか。

母親　えゝ、あたし達は陰氣臭いことが嫌ひですからね。それでも何か思案に餘ることがあると陰氣臭いものがあるやうな氣がしますわ。

博　（笑ふ）それは誰だつて同じことですよ。

母親　さうでせうか。澄子は病身でせう。房子は何が何だか見當はつきませんから。あたしもどうかすると誰か力になつて與れる人をたよりたいやうな氣がしますの。

博　それは、さうした苦勞は誰にだつてありますよ。だが、賢治さんは、僕の先輩ですし、房子さんは……

母親　どうお思ひになります？

博　僕は、駄目ですよ。

母親　何が？

博　力がありませんよ。

母親　と、言ひますと？

博　僕達は、まだ子供ですよ。

母親　えゝ、あなたの仰言る意味は判るやうな氣もしますけれど、あの娘は我儘だと仰言るのでせう？　でも、結婚さへしたなら、本當に眼があいてくるのではないでせうか？　あたしの教育が惡いから、いまになつて……

博　いえ、さういふ意味にとられては困りますよ。

廊下で電話のベルが鳴る。母親繁子は博に挨拶して、受話器をとるために、戸をあけたまゝ部屋を出る。

博　（獨白）新しい國家か？　こゝから新しい國家を創りあげるのでは大變だ。舊い國家と、舊い文化との反映のなかで盜いてゐるこの家族のなかから、何が生れるだらう。だが、僕の先生は、先生だけのことはある。鐵則だ、命令だ！　他の人の口をして言はしめるのだ。（この間、母親が電話口で受答へてゐる言葉が、途切れ途切れ聞こえてくる。――たとへば、「ハイ、ハイ」とか、「マアー」とか、「ソレデハマッテキマス」とか、いふ具合に）僕は、女を知らない！　もしもそれが、いや、そこが一番曖昧な點なんだ。屍骸を片づけるのは樂じやない。

母親の聲　（廊下から博に）いま、驛から電話です。もう、すぐに賢治が歸つてきます！

博　………………

第三景

小さい庭園。正面奥に客間の硝子戸が半分開いてゐる。小さい窓と、この硝字戸から室内が見える。左手に建物の他の一角が少し覗いてゐて、風のないのに、何處からともなく落葉がしきりに落ちてくる。舞臺空虚。話し聲がして、房子及び澄子が、客間を通過して、庭園に出て來る。澄子が、テーブル・クロスをテーブルの上にかける。

房子　まあ、いいお天氣だこと、木の葉がとても落ちるわ。

澄子　えゝ、隣りのアカシヤよ。每日、每日、木の葉つて隨分あるものねえ。

房子　でも、アカシヤはもうすつかり裸よ。

澄子　えゝ、裸だわねえ。

房子　兄さんのお友達は、まだ來ないの？　男達つて呑氣でいいわねえ。

澄子　さうかしらん。

房子　だつて、何にもすることがなくつて……

澄子　えゝ。

房子　もつとも、あたしだつて何にもすることがないんだけれど……生き死にの苦しみがあるわ！

澄子　姉さんは、大變異つたわ、最近……

房子　さう？　もう異ふときが來てもいいはづだわ。やつと眼があいて來るのかしらん？　それとも戀愛つていふもの？

澄子　姉さんは、さういつてよければ、博さんのことで苦しんでゐるんでせう？

房子　あなたは戀愛つて何だか知つてゐて？

澄子　あたしには？　さうね、ある點までは想像してよ。

房子　想像できて？　博さんのことは、もうおしまひよ。そんなんじやないの。
澄子　あたしには見當がつかないわ。
房子　どうして？
澄子　だつて、姉さんは何にも言はないんですもの。
房子　言つたわよ。
澄子　嘘！
房子　それじやイマジネーションがないわけね。もつとも、あたしにだつてあたし自身が判らないほどイマジネーションがないわ。
澄子　だつて、姉さんには精力があるからいいわ。
房子　さうかしらん？　精力つて誰にだつて等分にあるやうな氣がするわ。そして同じやうに少しつぱかり。あたしのやうなのはみかけで損をするわ。ただ命がけになつた人間の精力だけが恐ろしいのだわ。いまその精力があたしを追ひ詰めてゐるの。
澄子　それは、あなたのことなの？
房子　あたしのこと？　あたしのことじやない。さう言つてよければ、民族全體を背景にもつた精力の目覺めて來る瞬間よ。
澄子　姉さん、あなたは氣をつけなければ危險よ。いままでのこととはわけが異つてよ。
房子　は、は、は、は、いままでのことをどう思ふの？　いままでのことなら何でもないわ。
澄子　えゝ、姉さんはただもつて生れた冒險家だわ。けれども……

房子　母さんがよくさう言ふわ、お前はなくなつたお父さんにそつくり同じだつて……

澄子　さうかも知れない。けれども……

房子　えゝ、どんなことにもおしまひがあるものよ。どんなことにも結末があるんだわ。それだからと言つて……

澄子　姉さん！　どうしてもつと具體的なことを言つて聞かせないの。あたしなんだか心配だわ。

房子　具體的なことは、何にもありやしない。あたし大概言つた積りだわ。……最初にね、ほら、あたしが林の中で樹に挾まつて馬から落ちたでせう。目が覺めたときには小さい小舍のなかに横になつてゐたわ。一人の支那人が側に立つてゐて……

澄子　どうして、そのことを、それでおしまひにしてしまはないの。

房子　おしまひじやなくつて、始りだわ。

澄子　その男に興味を持つて？

房子　兎に角、あたしの命を救つて呉れた人だもの……

澄子　さう思ふの？

房子　だつて、さう思ふより、どう思ふの？

澄子　……………

房子　その男は立派な男よ。日本人の中にあれほど確りした人間を見たことはないわ。少くともあれほど自分自身を犧牲に供してゐる人間はないわ。

澄子　やつぱり勞働をする男なの？

房子　それはどうだか知らない。兎に角長いこと日本に居たことがあるんですつて。とても學者よ。それに組織を持つてゐてその隊長なんだわ。報國青年隊つていふの。それに、女に對してだつて、嫌らしいところなんか少しもないわ……

澄子 それなら、さういふ意味では危險なことはないわ……

母親の聲 （蔭から）澄子！　賢治のお友達が見えたら、お願ひしますよ。あたしは一寸買物に出かけて來るからね。

澄子 えゝ、いゝわ、いつてゐらつしやい。

母親の聲 すぐ戻つて來ますよ。

澄子 （椅子にかける）いま何時なの？

房子 （腕時計をみる）十五分で四時だわ。

澄子 お姉さん！　あなたの話のなかには何にも心配になるものはないわ。ただあなたの持つてゐる誇りが危險なんだわ。

房子 さうかも知れない。でも、あたしに誇りがなかつたならば、あたしみたやうな意志の弱い人間は、どうなるか判らない。

澄子 然し、どうなるか判らないところにまではいれれば、あなた自身に矛盾がなくなるわ。矛盾のなくならない間が、一番危險なんだわ。

房子 危險？

澄子 だつて、あなたは、あなたを追ひつめてゐるもののことを言つたわ。

房子 澄ちやん！　あなたは、素的にものを鋭く見るやうになつたわ。あなたはいいものを書くわ。

澄子 （笑ふ）姉さん、姉さんは餘裕があるからいいわ。でも、あたしはもう文學なんかよしたんですからね。いくら揶揄つてもいいわ。

房子 それは本當なの？

澄子　えゝ、あたし思ひ切つて醫學を勉强することになつたのよ。それでいま、兄さんの紹介して呉れる人が來るんだわ。

房子　あんた、なんだか嬉しさうね。

澄子　さうかしら？　でも、なんだか心配だわ。

賢治及びその友人が、話しながら、右手の裏木戸の方角からはいつて來る。

賢治　いや、僕は、すこしも煽動した積りはないんですよ。

醫者　（賢治の友人、相當の年輩の病院の院長）然しあれは群集ですからねえ、それに鑛山で働いてゐる連中が多いものですからねえ。

賢治　どうも、さうなると責任が重すぎるんですよ。（姉妹の存在に今さら氣付いたやうに）いやどうも遲くなつた。

房子　何かあつたんですか。

賢治　いや、別に……（振返つて友人を紹介する）

房子
澄子　（同時に）はじめてお目にかゝります。

醫者　どうぞよろしく。いつか、一度位ひはあなた方のお母さんにはお目にかゝつたことがあるやうに思ふのですけれど……（賢治をかへり見て）なかなか良いところだね。

賢治　まあ、どうぞ掛けて下さい。

一同、ほどよき位置に掛ける。

澄子 あたし、お茶を入れて來ますわ。

房子 （妹を制し）まあ、たまには、あたしに手傳はしてよ。あなた、そこにゐらつしやいよ。（挨拶して去る）

醫者 （澄子に）あなたのことは、お兄さんからよく伺ひました。わたしの專門は外科なんですけれども、こんなところにゐると專門ばかりでもやれませんのでね。まあ、あなたのお身體の方は、ゆつくり治療なさるんですね。

澄子 えゝ、その方はもうあきらめてゐますけれど……

醫者 兎に角、わたしのところにゐらつしやい。何も醫學のことばかり勉强なさらなくともいいですよ。秘書みたいなこともやつて貰ひたいし、それに施療みたいなこともしてゐますので、社會學の參考になりますよ。

澄子 えゝ、わたくしにでも、役に立つことがあれば、結構ですわ。

醫者 あなたのお父さんとは、いくらか交際がありましたがね。まあ、不思議な御緣ですよ。まあ、敎へるとか、敎へられるとかいふことは別として、仕事の交換といふことにしませう。

澄子 でも、あたしには何にも出來ないので……

醫者 いえ、さういふ意味ではないんですよ。あなたの興味と知識慾とを、ただ醫學と結びつけて、少し試して御覧になるんですね。それに文學だつてお捨てになる必要はないんだし、嫌になつたら、いつだつておやめになれば宜いんですからね……

澄子 それでは餘り寛大過ぎますわ。ただ頭が惡いので、きつと……

醫者 いや、醫者なんてみな頭が惡いですよ。（笑ふ）あなたのことは、お兄さんからよく伺つてゐます。

賢治　兎に角、運試しにやつてみるんだね。

澄子　ええ、それは、こんな機會はないんですから、よろしかつたら、是非お願ひします。

醫者　まあ、心配しないで、わたしにお委せなさい。

博　（慌しく裏木戸からはいつてくる）やあ、あなた達は、こゝにゐたんですね。

賢治　いつたい、どうしたんだね。息を切らして……

博　僕はあなた達を、朝から追ひ廻してゐたんですよ。……例の鐵橋を破壞した奴等が、捉まつたんです。

醫者　そいつは愉快だ。わたしは、支那の大官連が殺《や》られたのは一向構はないが、わたしの施療患者が大分乘つてゐたのでね……

賢治　で、その素性は？

博　報國青年隊とかいつて、外國の、資本家の手先ですよ。

賢治　共産黨とは異ふのだね？

博　それどころか、商賣ですよ。だから、日本の官憲の手で擧がらなかつたのが、支那人の間から密告してきたのです。

賢治　（醫者に）さうすると、僕の演説とは全く關係のないことが判りますね。

醫者　それは、どうだか判らない。醫者のわたしには、人間の身體のなかの血のめぐりしか判らないけれど、お金や、犯罪のめぐり方には、全く見當もつかないからね。

博　他の人の口をして、語らしめる奴ですね。

賢治　まさか、千里眼ではあるまいし……

醫者　一體それは何のことですね。

賢治　いえ、それは僕達の、むかしやつてゐた政治結社の、いはば合言葉のやうなものですよ。

醫者　ははあ、なるほどね。その政治といふ奴が、こちらにはないから困るのですよ。いはば、官僚の手で行はれる無政府主義みたいなものですからね。

博　その報國青年隊とかいふのは、租界のなかに大分根を張つてゐるらしいですからね。事件は、これからですね。

醫者　事件の後からでは、間に合ひませんよ、政治が伴はなくては。こないだも、わたしは、ある役人に會つて……

賢治　いや、事件は事件を生みますよ。それで、僕達が、わざわざやつてきた甲斐があるといふものです。

醫者　その結論をつけて戴くのですね。大いにやつて戴かなくては……

賢治　それは、一人の患者の肉體について判決を下すのとは譯が異ひますからね。人類の肉體については……まあ、僕達は、いはば武者修業をしてゐるやうなものですよ。

醫者　武者修業はよかつたですね。それを醫者の方でたとへてみたならば、つまり冒險ですね。

博　僕は、その冒險といふやつが少し怖くなつたんですよ。つまり、不確實な霧のなかに飛び込んでゆくやうなものですからね。うつかりしてゐると、自分で自分を賣り飛ばすやうなことになりかねませんからね。つまり、これは、インテリの良心といつたやうなものでせうか？

賢治　その青年隊とかいふのは、自分で自分を賣り飛ばしたのだらうか？

博　僕も判決を下すのはやめませう。……だが、ちよつと、凄かつたですよ。スリルがありますね。

醫者　あなたは、御自身で何か御覧になつたのですか。

博　ええ、これは偶然でしてね。目撃者の談ですよ。事情は後から聞いたんですけれど……

賢治　どこで聞いたんだね？

博　いえ、見たんですよ。僕は、丁度、競馬場の方に行つてゐましてね。餘り混雜してゐるので、僕は、木戸のところに立つてゐたのです。

賢治　今朝だね？

博　さうです。それで報國靑年隊の隊長が引張られてくるところにぶつつかつたのです。みんなさう言つてゐましたがね、はじめは……

この間に、房子御茶と菓子を盆に載せて運んでくる。默つて、それを、テーブルの位置に從つて配りはじめる。

醫者　それは偉い騒ぎだつたでせう、盛場ですからねえ。

博　だが、支那人といふものは、あゝいふ時になると度胸のあるものですね。

醫者　それは、隊長だけでしたか？

博　ほかに二三人、子分でせうね。一人は額から血が流れてゐましたがね。あゝいふときには、憲兵といふものは拳銃を握つて後を向いてゐるものですねえ。

醫者　それはさうでせう。それで、その隊長はどんな男でしたか？

博　顏の細長い、肩幅の廣い、普通の灰色の背廣を着てゐました。歳の頃は、さうですね、三十五六といふところでせうね。

その瞬間、房子、博の前に菓子皿を竝べつゝ、不安げに見物席の方を見る。そして彼女の動作は、次の會話を反映して、徐々にクライマックスにまで達する。

醫者　それからどうしました？

博　片足を揚げました。

醫者　誰がですか？

博　隊長です。そして、も一人の支那人の股のところを蹴りました。

醫者　ほう！

博　偉いものですね。も一人の支那人はそのまゝ死にましたよ。

醫者　それは一體、またどうしたわけなんですか？

博　さあ、それはよく判りませんが、その隊長といふのは、僕位の背丈ですよ。怖ろしい早業をやるものですねえ。

醫者　いや、いまでも水滸傳そのまゝの奴が居りますよ。

博　あんなのが、金だけで動くといふのはまつたく不思議ですね。

醫者　いや、金では動かない場合がありますよ。

博　なるほど。あの平然としてゐる顏付は殘忍とは別なものですね。

醫者　それから、どうしました？

博　手錠をかけられたまゝ、トラックに投り込まれたんですがね。……あれはやはり英雄ですね。つまり、英雄の逆をゆく英雄といふ感じですね。僕は、最初何にも知らなかつたので、つひその男と鼻を突合はすところまで、押し出されてしまつたんですけれど、名前は確か、李なんとかと言ひましたよ。ええ、僕だつて、一ぺん眼星をつけたら、一寸忘れられない顔ですよ。それが、僕の顔を見つめたやうに思はれたんですから、後で考へた方が、スリルがありますね。唇の薄い、短い髭のある、顎の尖つた、……その大きな眼が、ちつとも怖くないんですよ、眉のところに傷のある、大きな額、それがむしろロマンテイックな位ひに澄みきつてゐる……前かがみになつた胸の、青いネクタイ……確に、僕は、その、印象……

この間に、房子の動作は、彼女の抑制を裏切り、盆を取落す。テーブルの上で茶瓶がひつくり返へる。

房子　あつ！（倒れやうとして妹澄子に支へられる）

第　四　景

裏庭の一角に土嚢が築いてある。その銃座から、遠く支那街の擴がりが見おろせるやうになつてゐる。賢治と博が、第一幕のときと同じ服裝で、小銃を手にして伏せてゐる。それは、星のある、暗い夜である。

博　靜かですね。

賢治　うん、これで三日目だ。どうだね、寢心地は？

博　これでは眠れませんよ。（起きあがつて、土嚢の蔭で煙草のマッチを擦る）

賢治　氣をつけないと、目標になるよ。なかなか面白いときに來合はせたもんだね。

博　筋書通りじやないんですか？　最後の晩を思ひ出しますよ。

賢治　最後の晩とは？

博　講演會のあとの、あの轉向を決心した夜ですよ。

賢治　轉向じやないさ。だが、火事は、見物してゐるよりは、消し止めてゐる方が張合ひがあつて宜いものだよ。

博　それは、どういふ意味なんですか？　冒險をしてゐるのは、あなたではなくてわたしのやうですね。

賢治　後悔してゐるのかね？

博　そんなことはありません。

賢治　意味がないと思ふ？

博　いゝえ。

賢治　ちよつと、火を貸して呉れ給へ。（煙草を取出し、相手の煙草から火を移す）　これで、空襲がないから、まだ助かりものだ。

博　ところで、僕達は、どこら邊まで登場してゐるんですか？

賢治　孤獨！

博　あゝ、まだそんなところなんですか？

賢治　虛無！

博　まだ、その邊なんですか？

賢治　全體！

博　まだ、その邊なんですか。

賢治　僕達は、狙はれてゐるかも知れんよ。（銃を取上げて、伏せる）

博　（同じく、伏せる）黑いものが、近づいて來ます。

賢治　氣のせいだよ。

沈默

賢治　なんだか、嘘のやうな氣もするね。これで、僕達が、僕達の租界を守つてゐるんだからね。

博　つまり、永遠とは、あの星のやうな永遠ではなくて、絕えず、道草を喰つて、感動を求めてゆくことなんですね。

賢治　戰爭なんかしてかね？　新しい國家が、われわれを規定するまではね。だが、輿論を仕立てて、整理して、公の精神で色揚げして、文化の水準を高めるなどといふことが、政治の役割だなぞと思つてゐるのが、まつたくのところ道草なんだ。

博　「戰爭と平和」にそんなところがありましたね。だが、戰爭になるでせうか？

賢治　なりかけてゐる。どのみち軍隊が出動するね。

博　（狙ふ）一發ぶつ放してみませうか？

賢治　冒險は大事に育てた方がいゝよ。

博　誰か近づいてくる。敵ですよ。

賢治　氣のせいだよ。

博　あなたの言つてゐられた、他の人の口をして言はしめる、その「何か？」が、いま、この暗い闇のなかで生れかゝつてゐるのでせうか。

賢治　混沌だね、無意味だね。先づ自信のない連中が、自信のない連中に結論を與へるのだ。鋏と糊とが忙しくなるだらうよ。

博　それから？

賢治　君は、肯定出來るかね？

博　何をです？　自信のないことなら、肯定するほかないですね。

賢治　いや、政治が、あらゆるものに優先してゐるといふことが……

博　政治が、駄目だつたんじやないですか？

賢治　過去の政治じやない。われわれを、規定する、非人間にする、丁度この鐵砲のやうな具合に機械的にする、人と人との完全な一致を意味する政治が、あらゆるものに……

博　あなたは、人は、階級としては戰はないと言はれたんじやないですか？

賢治　もつと、大規模な戰ひはね、もつと自發的な戰ひはね、……僕の言はうとしてゐるのは、人々は、最高の政治に達するために、矛盾と矛盾との間で磨擦を起すのだ。だから、その最高の政治が、何であるか、判らない間は、すべて假想敵國と戰つてゐるのだ。だから、すべて人は、實行の面に於て當惑する。自信を失ふ。

博　つまり一巡するわけですね。そこでいふ最高の政治とは、ファシズムみたいなものを指すことになるんじやないですか？

賢治　僕は、その反對を考へてゐる。死への憧れなんだ。かりに、いま、一發の彈丸が飛んできて、僕の息の根を止めるとするね、さうすると、僕といふ人間の肉體は解體する。だが、二十日鼠が、玩具の水車を踏んでゐるやうな具合に、踏んでゐるところは、いつも同じところなんだ。失はれたのは僕ぢやない！　それは、鐵砲の玉なんだ！

博　夜、星、遠い城壁、……あつ、この寒さに、まだ蝙蝠が飛んでゐる。あなたの家系のなかにある、血の傳統が、わたしをこゝまで引張つてきたのです。……こゝから見ると、空も、圓くて、小さい……わたしの望んでゐたものが、いま、わたしの背骨の側に巣喰つてゐるのが、はつきりと判ります。僕だつて、あなたに跟いて行けるところまで、來てしまつたやうに思へます。

賢治　弟子は師にまされりじやないか。

博　優らない方が宜いですね。そして……わたしが、房子さんを失はなければ一層よかつたんですがねえ……

賢治　さう思ふかね？　もう、遲過ぎると思ふかね？

博　あの女《ひと》は、わたしを輕蔑したんです。

賢治　輕蔑されて宜い方の人間がね。

博　そんなことはありません。あの女《ひと》は報國青年隊長の身の潔白を證明するんだと言つて、さつき、司令部の方に、陸橋を渡つていつたんですが……連絡がとれたでせうか？

賢治　さあ、それは判らないなあ、なにしろ、この騷ぎのなかでは……それに、あの陸橋は渡れないよ、あそこのところが敵の根據地の突端になつてゐるからなあ。陸戰隊だけでは防ぎきれないよ。

博　さうでせうか？　あつ、誰か來る。（銃を構へる）

賢治　むかうの空が明るくなつたので、影が濃くなつたんだよ。

博　僕は、心配なんです。そんなことが、あり得るでせうか？

賢治　何が？

博　犠牲のために、名譽や、地位や、良心や、すべてを賣りはらつてしまうといふことが、たとへば、あの報國青年隊の隊長が、さうだと言ふんですが……政治的な手段のために、反對なことをするんです。
賢治　支那位ひに古くなれば、なんでもあり得るね。
博　そして、それが女性的なことと一致する！
賢治　さう思ふかね？　それは、房子の行爲のことかね？
博　わたしは、失つたんです！　負けたんです！
賢治　それが、また、丁度反對になるんじやないかね？
博　え？
賢治　房子は、何んだつて危險に身を曝してゐるんだね？
博　それは……
賢治　君への對抗だ。君へ知らせるためにだ。
博　何をですか？
賢治　君が、いま張りきつて銃を構へてゐるのは、誰への對抗なんだね。
博　ミステリー！
賢治　君こそ、中心に近づいてゐる。圓を描いてゐる。
博　幸福！
賢治　幸福になれるものなら、幸福になり給へ。

博　わたしは、心配なんです。あの女の身の上が心配なんです。

賢治　混沌は、少しも混沌じやない。闇は少しも闇じやない。冒險は少しも冒險じやない。われわれは生きやうとしてゐるのだ。

博　さう、死を願ふ位ひに。

賢治　彼女は、君のところに戻つてくる。

博　わたしを、あなたの家族の一員にするためにですか？

賢治　さうだ、僕達を兄弟にするためにね。

博　長すぎる夜。

賢治　不安か？

博　いゝえ、いつも、あなたの言葉が實證されたやうに、こんども實證されることを願つてゐるのです。

賢治　とんだオプテイミズムだね。

博　ええ、前進を前にしてね。

賢治　われわれは規定されてゐる。

博　さうです、たつた一發です。

賢治　新しい國家！

博　しかし、あなたは……

賢治　僕には、お母さんがある。

博　だが、それは……

賢治　僕の親爺はゐないんだ。

博　だが、それは……

賢治　来たつ！（銃を構へる）

遠くの方で、二三發の銃聲が響く。シルエットになつた屋根と屋根との間から、赤く燒けた煙の昇るのが見える。微な喊聲。

――幕――

（禁無斷興行）

文化再出發の會について

この會合は政治運動及び政治運動の一部分を目標とするものでありません。むしろ白紙にかへつて、民族の生活の根柢たるべき文化を批判檢討し、そこからあらゆる運動への、時代の動向への關聯を持たせたいと思ふのであります。こゝでは、文化は自主的であり、科學的追及に堪へるものであり、それだけを對象としてもそれだけを切離しても、尙且つ當面の重大問題たるべき種類のものでなくてはなりません。

わが國の文學及び藝術が、その社會性に於て缺くるところがあつたとの非難は、自他共に許すところのもので、さうした過去が連綿として續いてきたのであります。そして、幾多の新しい運動は、その未熟さに於て蹉跌し、生活の推進力となるだけの傳統をつくらなかつたのでありますす。そして、今日、文學及び藝術、廣汎な意味での文化全體を、他動的に、人爲的に、左右するといふことは當を得ないのであります。そしてそれは不可能な事であり、實績のあがるものでもありません。だが、それはそのまゝではあり得ないもの、停止を許されないものであります。文化再出發の企ては、實に生活の眞髓に於て　何か明朗ならざるもの、希望を阻止するもの、さうしたものを爆擊し、東亞の有機的未來に向つて、共同の智囊をしぼらんとするものであります。文化再出發は、マネキン主義、機械主義から、東亞を絕緣する意味に於て、その使命をあらゆる運動中の運動たらしめたいと思ひます。